이희숙 수필집

내일의 나무를 심는다

곰곰나루

나를 돌아보고 누군가에게 위로가 될 말을 찾아

어릴 적 나는 알프스산에서 뛰노는 '하이디' 동화를 즐겨 읽었다. 문학전집을 머리맡에 두고 잠들던 단발머리 소녀는 글 쓰는 취미를 가지게 되었다. 국문학을 전공하고 싶었지만, 5남매의 맏딸로 안정된 직업을 위해 교육대학를 다녔다. 초등학교 어린이와 함께 하면서 글쓰기 지도에 남다른 관심을 가졌다. 글을 통해 어린이와 소통하는 즐거움이 컸다. 결혼 적령기에 두 갈래 길에서 사람이 적게 밟은 길을 택했다. 목사 아내로서 감정을 절제하고 자신을 숨기며 많은 체험을 했다. 부족한 내 모습이 담긴 '사모 일기'를 여태껏 간직하고 있다.

30대 중반에 태평양을 건너왔다. 남가주 오렌지카운티에 주정부인가 어린이학교(State Licensed Day Care Center)를 설립하여 생후 1년 6개월 이후 유아부터 12세 어린이(Toddler-School Age)까지의 다민족 어린이를 양육하고 교육하는 일을 30여 년 동안 해 왔다. 여러 인종의 문화를 이해하고 받아들이는 데 신경을 쓰다 보니 한글 표현이 많이 서툴러졌다. 익숙하던 모국어들이 망각의 경계에서 가물거리곤 했다.

아이들과 생활하며 겪은 일을 글로 썼다. 추억과 기억, 자연 속에서 느끼고 깨달은 바를 끌어냈다. 사물이 주는 의미를 찾으려 애썼고, 세상에 대한 관점의 차이를 짚어보기도 했다. 이웃과의 소통과 나눔에 관해서 생각해 봤고, 아이들에 대한 교육적 소신도 담아 보았다. 낯선 땅에 정착하면서 겪은 어려움을 이만큼이나마 극복할 수 있게 도와준 분들에 대한 고마움도 표현했다. 가족의 응원과 사랑에 대해서는 되새김질했다. 내 글이 생동감 있게 살아나 아프고 어려운 상황에 처한 누군가에게 위로가 되었으면 싶다.

2018년 재미수필문학가협회를 만난 일은 후반부 인생의 빗장을 여는 것과 같았다. 글 모임을 통해 내 미숙한 언어 숲에서 숨 쉬고 있던 글들이 작은 나무가 되어 배움과 습작으로 성장했다. 수필의 숲을 가꾸며 호흡했고, 힘든 시기를 지나며 하나님의 햇살 아래 65편을 내 무늬로 엮을 수 있어 가슴 벅차다.

합평을 통해 지도해준 성민희 선생님께 고마운 마음을 전한다. 또한 책의 출간을 도와주신 박덕규 교수님과 해설을 써주신 김동혁 평론가에게 깊은 감사를 드린다.

2022년 봄날 이희숙

차례

1 까치발을 하면 보이는 세상

2 빨강 신호등 앞에서

3 두꺼워지는 돋보기 속 세상

4 흐르는 강물처럼

5 사랑의 릴레이

6 내일의 나무를 심는다

1

까치발을 하면 보이는 세상

울타리 없는 집

우리 집은 울타리가 없다. 비가 갠 후, 탁 트인 옆집의 잔디가 한층 푸르게 보인다. 가끔 멀리서 말 울음소리가 '히이잉' 들려온다. 빈 마당엔 옛 마구간의 여물통이 놓여 있다. 넓은 공간은 산토끼, 다람쥐의 놀이터가 된다. 텅 빈 곳에 흐드러지게 핀 진분홍 부겐빌레아꽃 넝쿨이 울타리를 대신한다.

이웃에 멋진 새집을 건축했다. 높은 겹 콘크리트 담에 철망이 얹어지고, 철문을 자동으로 여닫으며 견고한 성을 연상시킨다. 뒤늦게나마 너무나 허술한 우리 집 경비체제에 경각심을 갖는다. 현관문을 정비하고 담을 쌓아야 하나? 알람을 설치해야 할까? 많은 생각이 오간다.

몇 년 전 대낮에 아무도 없는 틈을 타 우리 집에 좀도둑이 들어와 쑥대밭을 만들어 놓고 갔다. 서랍과 선반의 물건들이 다 끌어내 던져져 있고, 현금을 찾았던 흔적을 볼 수 있었다. 눈을 씻고 보아도 있을 리 없는 현금 대신 화장대 서랍에 있던 액세서리들을 모조리 쓸어 갔다. 값이 나가지 않는 물건이지만 손때가 묻어 정이 들었기에 오랫동안 서운한 마음을 떨칠 수 없었다. 그 후로 나는 물건에 대한 애착의 끈을 놓을 수 있었다. 무소유에서 오는 자유라고 할까? 언제 누가 들어와도 가지고 갈 것이 없다는 배짱 아닌 당당함으로. 애써 소유하려 하지 않아도 시기에 따라 필요한 것은 공급받을 것이라는 믿음을 갖게 되었다.

20여 년 전 이사를 왔을 때, 윗집에 백인 할아버지가 홀로 조카와 살고 계셨다. 고등학교에서 수학을 가르치고 은퇴하신 분으로 가끔 친구 할아버지가 놀러 오곤 하셨다. 우린 전화번호를 교환하고 대화를 나누었다. 집을 비울 땐 서로 알리고 유심히 지켜봐 주었다. 추수감사절, 성탄절에는 과자를 구워오거나 음식을 나누며 '좋은 이웃'이라는 단어에 걸맞게 항시 친근하고 든든했다.

언젠가부터 할아버지가 보이지 않고 차도 다니지 않았다. '아프신가?' 궁금이 걱정으로 변해 전화를 걸었지만 받지 않았다. 울타리에 매달렸던 능소화 꽃잎이 지고 감나무의 잎이 누렇게 변하며 달력을 몇 장을 넘겼을까? 집 앞에 'Sale'이란 간판이 붙어 깜짝 놀랐다. 이미 할아버지께서 이세상을 떠나셨다는 사실을 알았다. '이럴 수가! 내가 너무 무심했구나. 20여 년을 지나며 나이가 드시고 수척해지는 모습을 지켜보면서 안부를 묻지 못하다니!' 바쁘다는 핑계로 대화 없이 지낸 무관심이 미안했다. 굳게 닫힌 철문을 바라보는 마음을 어찌 묵직한 쇠의 무게에 비교할 수 있으랴.

몇 달이 지나 새 이웃이 이사를 왔다. 이삿짐 차에 한글이 적혀 있어 반가웠다. 어떤 가족일까 무척 궁금했다. 나는 동이 트기 전에 출근하고 땅거미가 내릴 때 퇴근하니 만나기가 어려웠다. '내가 문을 먼저 두드려야지.' 용기를 내어 메모를 적어 우체통에 넣었다. '반갑습니다. 아랫집에 사는 Yoo Family입니다. 전화번호를 알려드릴게요. 좋은 이웃으로 지내길 원합니다.'

어릴 적 시골 마을엔 이웃집 사이에 울타리가 없었다. 옆집의 숟가락이 몇 개인지 서로 알고 지낼 정도였다. 음식을 나누어 먹었고, 마을 동구에 손님이 들어서면 온 동네 사람이 얼굴을 내밀어 인사를 나누었다. 칭찬이나 흠도 많을 수밖에 없었던 이웃의 관심이었다. 관심 속에서 하나의 공동체를 이루며 살아왔다. '이웃사촌'이라고 할까? 모내기, 바심질하거나 김장하는 날이면 그 집으로 모두 모였다. 집마다 돌아가며 품앗이하는 것이 당연한 관습이었다. 큰 대사에 십시일반으로 서로 도왔던 상부상조의 미덕이 우리 풍습의 밑바탕이 되어 있다.

현대의 비극은 '안전을 위한 울타리'라는 모습으로 서로의 모습을 가린 채 대화 없이 단절되어 사는 데서 온 게 아닌가 싶다.

현관을 나가면 열린 마당과 트인 정원이 좋다. 추운 겨울이 지날 무렵, 단아한 수선화와 매실이 꽃잎을 열어 오는 봄을 알려주고 오렌지꽃이 밤공기를 흔들어 향내를 온 집안 가득 채워준다. 단풍 든 나뭇잎이 떨어져 가을의 정취를 더해주고, 쌓인 낙엽 위로 떨어지는 빗소리를 들으며 한 해를 마무리한다. 계절이 가져다주는 풍요로움과 뜰 사이로 불어오는 바람이 있어 자유를 숨 쉰다. 이 때문에 크지만 수리할 곳이 많은 오래된 집을 처분하지 못하고 살고 있나 보다. 울타리 없이 언제까지 유지할 수 있을까?

이웃과 트인 소통이 열린 마당에서 이루어질 수 있다면. 진실한 사귐이 이루어지는 공간이 되길 바란다.

가장 따뜻한 이불

멀리 산에서 불어오는 눈바람 탓인가. 이른 아침에 차 문을 여는 손끝이 시리다. 유리창에 낀 성에가 두꺼워 히터를 튼 채 기다린다. 따뜻한 기온이 차 안에 퍼진다. 뉴스를 듣는다. 지구 곳곳에서 혹한으로 인해 일상생활이 마비되는 지역이 많다고 한다. 추운 날씨로 잔디에는 마치 소금을 뿌려놓은 듯 하얗게 서리가 덮였다. 고가다리 밑에 한 노숙자가 이불을 둘둘 말고 웅크린 채 잠들었다. 낡은 담요, 옷, 냄비 등 살림살이를 쇼핑 카트에 싣고 이동하는 모습도 보인다.

이민 초기, 로스앤젤레스 다운타운에서 처음 노숙자를 보았을 때 흠칫 놀랐다. 차에 다가와 손을 내미는 모습에 나도 모르게 유리창을 올리고 말았는데 세월이 지나며 이제는 그들에게 거부반응을 가지지 않게 되었다. 겨울만 되면 추운 다른 주에서 많은 노숙자가 몰려온다는 기사를 읽은 적이 있는데 아니나 다를까 아예 길거리에 텐트를 친 모습이 날로 늘어나, 이젠 옆 공원에서 촌락을 이루며 삶의 터전을 마련하려 애쓰는 그들의 모습에 익숙해졌다.

지난 추수감사절에 이웃 돌아보기 행사를 했다. 젊은이들이 모여 터키를 굽고 음식과 생활필수품을 준비했다. 따뜻한 옷과 이불도 봉

투에 담았다. 팀을 나누어 직접 노숙자가 거주하는 곳을 찾아다니며 나누어 주고, 이웃 사랑 나눔을 실천하고자 했다. 노숙자들이 모여서 텐트촌을 형성하고 있는 공원으로 갔다. 지붕이 있는 버스 정류장도 그들의 거주지가 되었다. 잠시이지만 그들과 대화할 기회도 만들어 많은 원인과 속내를 엿볼 수 있었다.

마약을 했다는 20대 청년을 만났다. 무엇이 필요하냐고 묻는 우리에게 그의 어머니에게 전화를 걸어주기를 부탁했다. "우리 엄마에게 내가 잘 지내고 있다고 전화해 주세요." 멀리 떨어져 있는 가족을 그리워하는 정도 느낄 수 있었다. 전쟁에 참여했던 재향군인의 이야기도 들었다. 참전 후에 정신적인 문제가 생겨 부인과 이혼 후 집을 떠날 수밖에 없었다고 했다. 어떤 중년 아저씨는 우리가 건네는 물건도 자기가 원하는 것만을 골라서 받았다. 그는 망원경을 들고 다니며 하늘에 나는 새를 관찰했다. 아마도 가정을 떠난 자유로운 영혼인가 싶었다. 앳된 얼굴의 십대 소녀는 돈을 달라고 했다. 집으로 데려다 주겠다는 우리의 말을 거절했다. 무슨 사연인지 돌아갈 수 없다는 것이다.

마약이나 특별한 원인이 아니어도, 치솟는 주거지 비용으로 한 번 터전을 잃으면 다시 회복하기 어려운 것이 현실이다. 삼남매를 둔 부부는 아무리 열심히 일하여도 렌트비를 감당하지 못해 거리로 내몰렸다고 한다. 깡통이나 재활용품을 모아 돈을 마련하는 성실하고 재활 의지가 있는 사람도 거주할 곳을 잃으면 초래되는 현상이다. 노숙자 무리 가운데에서 상당수의 한인을 발견할 수 있다. 우리도 같은 처지에 놓일 수 있다는 생각이 든다. 그들을 다른 시선으로 보아야 함을 깨닫는다.

시 당국은 급증하는 그들을 위한 노숙자 쉘터가 부족해 수용 능력에 한계가 있고, 게다가 쉘터 설립에 여러 가지 어려움이 있다고 한다. "노숙자를 위한 구체적이고 합리적인 대안을 마련해야 한다. 치안 관리와 약물중독 치료 등 재활 프로그램이 우선되어야 한다."라고 언론에서는 목소리를 높인다. 대책이 시급함을 피부로 절실히 느끼는 계절이다. 그것은 정계에서 일하는 분만이 해결하는 내 영역 밖의 일인가를 생각한다. 이웃의 한 대학생은 'School on Wheel'에서 자원봉사를 한다. 학교에 가지 못하는 노숙자 어린이를 위해 이동 버스 안에서 가르치며 그들에게도 교육의 기회를 준다. 노숙자를 돕는 기부의 손길은 듣는 사람의 마음을 훈훈하게 해 준다.

아침에 출근해 보니 내가 일하는 어린이학교 앞 거리에 여기저기 지저분한 물건이 널려졌다. 옷가지, 먹던 음식, 이불, 가방 등. 옆 공원에서 사는 노숙자가 버리고 간 물건이다. 나는 오늘도 그 쓰레기를 치우며 하루를 시작한다.

그들에게 필요한 가장 따뜻한 이불은 무엇일까?

비빔밥

트럼프 대통령과 북한의 김정은 사이에 비빔밥이 놓였다. 소고기와 김치를 넣은 비빔밥이 두 정상의 식사로 선택된 싱가포르 음식점 포스터다. 전 세계로 퍼지는 뉴스 한가운데에서 비빔밥도 덩달아 주목받는다. 나도 나물에 고추장을 넣고 쓰윽 쓱 비벼 먹고 싶은 충동이 일어난다.

나이가 들어가니 나물을 즐겨 먹게 된다. 그윽하고 깊은 맛과 향에 매료된다. 나물은 씹히는 질감의 여운과 함께 고상한 향취를 풍긴다. 그 속에는 소박하고 정갈한 반갓집 여인의 모습이 묻어 있다. 이민 생활 30년이 넘어도 여전히 비빔밥은 정겹다. 비빔밥은 각종 나물에 회, 육회, 달걀을 첨부한다. 한 숟갈 덧얹어 마무리하는 고추장은 마지막 점을 찍어 완성하는 화룡점정이다. 화려한 색감이 입맛을 돋운다. 정성과 애정까지 듬뿍 넣어 비비면 우리 특유의 정서가 고스란히 느껴진다. 그 모습이 아름다워 화반이라 하고, 일곱 가지 재료가 단장한 것 같아 칠보 화반이라고 불린다.

오래전부터 한국 항공 기내식으로 비빔밥이 등장했다. 작은 그릇에서 여러 가지 맛을 함께 또 다르게 음미하는 매력이 있다. 전 세계가 하나로 연결된 세상에서 다리 역할을 하는 듯. 우리의 문화와 혼을 세계에 알리는 음식으로 두각을 나타냈다. 비빔밥은 이제 세계인이 인정하는 건강 음식으로 사랑받는다.

우리가 사는 캘리포니아는 여러 인종이 어우러져 비빔밥과 같은 공간이다. 한 그릇 속에서 많은 종족이 서로 삶을 비비며 살아간다. 피부색, 언어, 문화가 다른 민족이 자신의 맛을 지니고 한 그릇에 모인 셈이다. 마침내 새롭고 독특한 맛을 만들어 낸 것이 아닐는지. 각 민족의 소리가 연합하여 거대한 미국을 이끌어간다. 그 속의 작은 터. 우리 어린이학교에선 17개가 넘는 나라의 어린이가 성장하고 있다. 언어, 피부색, 음식과 문화가 다른 가정에서 자란 탓에 서로 적응하기에는 어려움이 많다. 공동체 안에서 규칙을 익히고 사회성을 기르려 부단히 애쓴다. 함께 놀고 프로그램에 몰두하며 서로를 바라보는 눈망울 속에 같은 꿈을 공유한다. 지혜가 자라며 서로를 이해한다. 사랑을 나누고 허물까지 보듬는다. 다민족 어린이가 눈높이를 맞추고 어깨동무한다. 커다란 칠보 화반 비빔밥을 만든다고 할까. 타문화를 존중하며 꽃을 피우는 다채로운 정원이 된다.

'백지장도 맞들면 낫다'라는 속담이 있듯이 함께하면 나누어진 힘을 능가하는 힘이 생긴다. 어느 분야에서든 팀워크(team work)는 힘의 원동력이 된다. 공통된 비전을 향해 함께 일하는 능력으로 비범한 결과를 낼 수 있다. 비빔밥은 각각 개성적인 맛을 가진 재료들이 뒤섞여 오묘한 맛을 낸다. '협동, 단결, 협력, 화합'으로 살 만한 세상을 만들어 갈 수 있음을 비빔밥은 맛으로 보여준다.

지난겨울, 조국에서 따뜻한 소식이 불어왔다. 대한민국의 남과 북이 마주하며 민족 화합의 노래를 불렀다. 남북 정상회담으로 종전을 기대하며 평화의 염원을 품을 수 있게 되었다. 거기에 더하여 6월 12

일에는 미북 정상회담이 싱가포르에서 열렸다. 세계의 이목 속에서 새 역사를 썼다. 완전한 비핵화 실현에 한 걸음 다가섰다. 완전한 목표(CVID)를 실현키 위한 방법론 등 많은 과제가 남아 있지만, 우린 소망한다. 한반도에서 울려 퍼진 비빔밥의 하모니가 평화통일로 이어질 수 있기를.

징검다리를 건너며

비가 그친 후 흰 눈산이 선명하게 펼쳐 있다. 유난히 비가 많던 겨울, 물이 충만할 계곡을 그려 보며 폭포 'Santa Anita Sturtevant Falls'를 찾아갔다. 예전에 다녀온 적이 있어 쉬운 코스로 생각하고 별다른 준비 없이 출발했다. 배낭엔 김밥과 물 두 병만을 넣은 채 가벼운 마음으로 떠났다. 산 정상에 가까이 다가가니 많은 등산객 탓으로 주차장이 이미 꽉 찼다. 다시 산 중턱으로 내려가 길가에 차를 세우고 걸어서 올라가야 했지만, 산을 향하는 마음이 기대에 부풀어 오르는 것은 무슨 이유일까. 젊은이는 삼삼오오 팀을 이루어 산행을 즐겼다. 손잡고 나온 아이와 이야기꽃을 피우며 걷는 정겨운 가족이 눈길을 끌었다.

물기 어려 촉촉이 윤기 나는 잎새가 이른 봄을 알려 주었다. 평화롭던 산은 물소리로 꽉 채워졌다. 마음을 씻어 주는 맑은소리가 아닐까. 메말랐던 계곡에 물이 힘차게 흐르며 잠자는 겨울을 깨우는 생기가 넘치는 듯했다. 계곡물은 바위 등을 올라타 모난 돌을 둥그렇게 굴리며 넓은 세계로 흘러갔다. 곳곳마다 작은 폭포를 이룬 계곡은 한 폭의 그림 같았다.

한참을 걷다 보니 예상치 못한 일이 생겼다. 목적지인 폭포를 반 마일을 남겨놓고 계속된 폭우로 인해 불어난 계곡물이 덮쳐 예전에 있던 길이 끊겼다. 상황을 뒤늦게 알았기에 어떻게 해야 할지 당황스러웠다. 범람한 강을 가로질러 돌멩이가 드문드문 놓여 있었다. 어릴 적 냇가에 놓여 있던 징검다리였다. 처음에는 옛 생각에 정겹게 생각했지만, 물살을 쳐다보니 겁이 났다. 보폭보다 더 넓게 드문드문 놓인 징검다리 위를 건너야 했다. 미끄러지면 차가운 물 속에 빠질 것 같은 두려움에 나뭇가지를 찾아 지팡이로 삼았다. 세차게 흐르는 물살은 지팡이조차 삼킬 기세였다. 급기야 예능 프로그램에서나 보았던 얼음이 녹은 물로 등산객이 입수하는 광경이 벌어졌다. 어떤 아저씨가 신발을 벗고 물속으로 들어선 후 네 살쯤 된 딸을 번쩍 안아 건넸다. 그 모습을 지켜보던 사람들이 손뼉을 치고 환호했다. 딸은 용감한 아빠의 뺨에 볼을 비비며 사랑을 표현했다.

나도 용기를 내어 조심스레 한 발씩 징검다리를 건너는 시도를 했다. 그때 갑자기 뒤에 있던 남편이 물에 들어가 내 손을 잡아주는 것이 아닌가. 얼마나 반가운 손길이었던지. 그는 나의 흑기사가 되었다. 차가운 물은 남편의 무릎까지 차올랐다. 거센 물살 때문에 혼자서 있기조차 힘들었다. 그는 물속에서 나는 징검다리 위로 손을 잡고 호흡을 맞추며 건넜다. 물가에서 지켜보던 사람의 감탄하는 소리가 들려왔다. "How sweet your husband is!" 남편이 아주 커 보였다. 새삼 곁에서 지켜주는 남편의 존재에 감사했다. 아직 길은 먼데 남편의 젖은 옷과 신발이 걱정되었다. 그는 꽁꽁 얼어가는 다리를 끌고 열심히 걸음을 재촉했다. 세 차례의 징검다리를 더 건너야 했다. 물을 건너기 위해 모든 사람이 불평 없이 차례를 기다렸다. 처음 보는 사람이지만 먼저 손을 내밀어 잡아주는 아량을 보였다. 팔을 벌려 서로에게 힘이 되어 같이 가는 사람이 있기에 세상은 아름다운가 보다.

드디어 폭포에 이르렀다. 먼 곳까지 물보라가 흩날렸다. 물 폭탄처럼 쏟아지는 속도와 우렁찬 폭포 소리에 할 말을 잊었다. 폭포수는 낙하하여 물방울을 부수며 흰 거품의 세계를 만들었다. 아래를 향하는 물줄기를 보며 높은 곳에서 낮은 곳으로 흐르는 사랑을 느꼈다. 윗사랑이 아랫사람으로 흘러옴이 고스란히 전해졌다. 숲속을 떠나 돌아오는 차 안에서도 물소리가 귓가에 쟁쟁하게 맴돌았다. 내 속에 채워진 사랑의 물결 소리가 되어.

징검다리의 '징검'은 '징그다'라는 동사에서 나왔다. '징그다'는 옷이 쉽게 해어지지 않도록 다른 천을 대고 듬성듬성 꿰맨다는 뜻이다. 듬성듬성 놓인 징검다리는 다리가 갖춰야 할 연결이 없는 것이다. 그것은 이용하는 사람에 의해 연결된다. 사람의 다리는 징검바늘처럼 돌의 양쪽을 잠깐 꿰맸다 다시 푼다. 징검돌 사이를 연결할 때 인간의 몸은 스스로 상판이 되고 다리는 교각이 된다. 그 위를 건너며 우리의 마음은 이어지기 때문이다. 거센 물결 세상 위를, 다리가 되어 함께 건너간다. 같이 손을 잡아주는 세상에서 사랑은 다리가 되어 나를 유지할 것이다.

귀빠진 날

진달래가 온 산을 분홍빛으로 물들인다. 메말랐던 산천초목이 부활하는 계절이다. 내 귀가 빠진 날은 봄 한가운데 있다. 자연이 새롭게 피어나듯 작은 생명이 태어났다. 세상에 나와 한 달 후 엄마의 품에 안겨 부활절 예배에 참석했다고 한다. 내 신앙이 침체할 때 생명력을 부여해 주는 뜻깊은 날이기도 하다. 생일은 누구나 손꼽아 기다리는 가장 기쁜 날이다. 사랑하는 사람들과 생일파티를 연다. 케이크의 촛불은 그의 나이와 같은 숫자다. 많을수록 빛은 더 밝아지고 힘차게 불 수 있다. 생일을 기다리는 이유를 생각해 본다. 선물을 받아 즐거워서일까, 아니면 자신의 정체성을 확인하는 날이어서일까? 더불어 엄마의 사랑이 존재한다는 것을 확인하기 때문일 것이다.

생일을 왜 귀빠진 날이라고 부를까?

아기는 열 달 동안 엄마의 배 속에서 자란 후 진통과 함께 세상 밖으로 나온다. 그 애는 자신이 발육했던 포근한 물속을 떠나 좁은 통로를 통과한다. 그 과정에서 아기의 귀가 빠져나올 때가 가장 힘든 고비라고 한다. 귀가 나오면 90% 무사히 나온 것이나 다름이 없다고 들었다. 어려움을 넘기고 아기를 낳게 됐다는 심오한 뜻이 숨겨져 있다. 산통을 겪어야만 한 생명이 세상에 내어 보내지는 의미를 지닌다.

포유류 중 인간만큼 산통을 겪는 동물은 없다. 고통을 겪으며 날 세상에 보내 주신 엄마에게 감사드린다. 생일이 나의 기쁜 날이 아니라 엄마가 나를 낳느라 고생한 날이라는 것을 뒤늦게 깨달았다. 내가 딸을 출산하여 엄마가 된 후에서야 말이다. 생일날에 미역국을 먹는 풍습은 산후에 엄마가 먹었던 미역국을 기억하려는 뜻이리라. 출산의 고통을 되새기면서 엄마의 은혜에 감사하기 위함인 것이다.

나는 첫 생명의 존재인 무녀리로 몸도 약하고 부실한 탓에 부모님께 많은 사랑을 받으며 자랐다. 더불어 긍정적 자신감을 얻었다. 오 남매 중 맏이라는 책임감을 생활에서 익히며 마음이 굵어졌다. 결혼과 함께 가족을 이루며 새로운 소명을 부여받았다. 나이는 삶 중심에서 생명을 잉태하여 손주 세대로 이어져 큰 공동체를 이루었다. 세상에 태어나 나에게 주어진 가장 크고 중요한 임무는 두 딸을 생산한 것이 아닐까. '참 잘했다'라며 나를 다독이고 싶은 날이다. 공기를 가르는 울음소리와 함께 나에게 연결된 탯줄이 잘리고 한 생명이 독립하던 날의 벅찬 기쁨을 잊을 수 없다.

딸이 "엄마!"라고 부르면 나를 부르는 걸까? 익숙해지는 데 오랜 시간이 걸렸다. 미숙한 채로 부딪히며 실수를 거듭하고, 연마하는 노력 속에서 나이는 영글어 갔다. 가족의 섬김과 이해와 사랑으로 성숙해졌다. 그 딸이 성장하여 또 엄마가 되었다. 아기를 출산하기 위해 진통을 시작할 때 나는 안쓰러워 곁에서 지켜보기가 힘들었다. 내가 겪었던 아픔이 되살아나 큰 두려움으로 다가왔나 보다. 이렇듯 힘든 산통의 과정을 거쳐 엄마로 거듭나는가 보다. 자신의 분신인 아기를 위해 모든 것을 희생하는 엄마라는 존재가 된다.

해마다 새 달력을 받으면 가족의 생일을 빨간색으로 기록한다. 생일을 축하하기 위해서다. 어릴 적엔 "내가 나이가 더 많아"라며 손가락을 펴 자랑했다. 그땐 나이가 많으면 세상을 이긴 듯 어깨에 힘을 주었다. 언니란 단어가 자랑스럽고 부러웠지만, 나이의 숫자 하나가 늘어나면 나이듦의 무게가 더해졌다. 마흔 후반을 지나 그 무게가 버겁게 느껴지며 마음가짐을 바꾸기로 했다. '나이는 삶의 선물이다'라고. 행복이라는 선물의 보자기 속에 꼬옥 담겨 있다.

이제 다리의 힘이 빠지고 기억력이 쇠해지는 노년을 바라보며 슬퍼하지 말자. 생일은 새로운 것을 시작하는 날이지 않은가. 삶의 우선순위를 인식하여 소중한 것이 무엇인지를 알고 살아가는 것이다. 막연한 아쉬움과 미련 대신 다양한 세상살이의 모습을 인정하고 받아들이는 여유로 남아 있는 새로운 인생을 디자인해 보자. 겉보다는 내면을, 결과물보다는 관계 중심으로 전환해 보련다. 연륜 속 깊어가는 시간의 선물을 주심에 감사드린다.

맛있는 인생을 차려 놓은 생일 식탁을 준비하련다. "당신의 생일을 축하합니다!"

까치밥

몇 년 전 앞뜰에 아기 감나무를 심었다. 한 해 두 해를 지나며 키를 더하고 어깨를 넓힌 나무는 따스한 봄볕을 마주 보며 올해는 노란 감꽃을 피웠다. 마치 아가 볼에 있는 보조개를 보는 듯 사랑스러웠다. 어릴 적, 할머니 집에서 감꽃을 엮어 목에 걸고 소꿉놀이했던 추억이 떠올라 더욱 정겹게 느껴졌다. 꽃을 피운 지 며칠이 지나지 않아 감꽃이 비처럼 떨어졌다. 땅바닥에 짓이겨진 추한 모습에 상심했지만, 헌신이 있어야 다음 세대로 생명을 전한다는 자연의 질서를 헤아린다. 꽃의 아름다움에 집착하지 않아야 열매를 볼 수 있다는 역설이라고 할까.

자그마한 체구에 가지가 휘어지도록 감이 달린 모습을 보니 기뻐하기보다 애처로운 마음이 들었다. 가을이 깊어지며 짙어지는 주홍빛은 푸른 하늘과 대조를 이뤘다. 감잎도 단풍이 들며 마당은 가을빛으로 꽉 차 보름달이 둥그렇게 차오르는 한가위 무렵엔 풍요함을 더해 주었다. 수확의 기쁨을 만끽하며 황금빛 열매를 조심스레 하나둘 바구니가 꽉 차도록 따다 보니 감이 몇 개 남지 않았다. 손이 닿지 않는 높은 나뭇가지의 열매는 남겨 두기로 했다. 완숙하게 익을 감을 고대하는 마음이 한구석에 도사리고 있었다. 말랑말랑 익으면 더 맛있겠지. 기다리기로 했다.

어느 날, 애지중지하며 지켜보던 나뭇가지의 감이 없어졌다. '어머! 누구의 짓일까?' 누군가 따간 것이 분명했다. 사라진 원인을 곰곰이 생각했다. '외부에서 누가 들어왔지? 마당에서 일하던 사람이 그랬을까?' 의심의 불길이 마구 번져 나갔다. 1년 동안의 결실을 노력 없이 가져간 행위가 괘씸했다. 곁에 나란히 서 있는 야자수의 넓은 이파리가 손바닥을 벌려 감나무와 어깨동무하는 틈으로 하늘을 바라보던 내 눈에 이상한 물체가 들어왔다. 저게 뭐지? 야자수의 나무 기둥에서 무엇인가를 발견했다. 자세히 보니 감이 틀림없다. 이빨 자국이 남겨진 채 먹다 남은 것이 울퉁불퉁한 나무 몸통에 박혀 있는 것이 아닌가? 누가 저런 재주를 부렸을까?

며칠 후 어둠이 물러가는 어스름한 시간에 예상치 못한 광경이 내 눈에 잡혔다. 다람쥐가 야자수 위를 기어오르고 있었다. 바로 감을 따간 범인이라는 것을 알 수 있었다. 다람쥐가 저렇게 높고 흔들리는 나뭇가지 위를 올라가긴 어려웠을 텐데. 아! 나는 뒤통수를 한 대 얻어맞은 듯했다. 우리 집 울타리 안에 야생동물이 공존하고 있다는 사실을 모르고 있었다. 순간 내 머릿속은 밀려 들어오는 여러 가지 생각으로 뒤죽박죽되었다.

우리 선조는 나뭇가지의 감 몇 개를 까치밥으로 남겨 두던 풍습이 있지 않은가. 까치밥은 하늘을 나는 새의 생명을 위해 베풀고 배려하는 마음에서 생긴 양보며 나눔이다. 차가운 겨울에 배를 주릴 하찮은 미물까지 돌보는 따뜻한 이야기다. 날짐승과 자연을 공유한다는 것은 서로 애지중지하는 여유와 풍요로운 삶의 시작이 될 터이다.

어느 나그네가 가난한 선비 집을 방문했다. 주인은 자기 자녀에게 줄 양식이 없음에도 예의를 갖추어 음식을 대접했다. 눈치를 챈 객은 방문 밖에서 기다리는 배고픈 어린 자녀들을 위해 밥을 다 먹지 않고 나머지 몇 숟가락을 남겼다.

남편 없이 보리 이삭줍기로 시어머니를 봉양하는 효부 룻을 위해, 농장 주인 보아스는 일꾼들에게 밭에 낟알을 모두 줍지 말고 일부러 남기게 했다. 보아스의 친절한 사랑을 통해 룻은 다윗 왕의 조상을 낳았고 예수님의 족보에 올랐다.

두 이야기에서 남을 위해 여유분을 남기고 나누는 관대한 정신을 엿본다. 미담 속에 담긴 조상의 슬기로운 태도가 교훈으로 다가온다.

마지막 과일까지 익혀 먹으려 했던 내가 창피하다. 감 한 알도 나누지 못한 옹졸한 마음을 반성한다. 부족한 듯 모자란 듯 여유를 남겨도 되는데 야박하고 인색했다. 난 철저함에 집착하고 다하지 못한 것에 미련을 갖지 않았던가.

까치밥의 정신은 시대가 바뀌어도 소중하게 간직해야 할 미풍이다. 세상의 허기진 사람 몫으로 남길 우리 시대의 까치밥은 무엇일까? 나의 인생 나무에 까치밥을 준비했는가를 생각할 절기이다. 각박한 세상에서 약자에 대한 배려와 넉넉한 인정으로 이웃과 함께 훈훈하게 살아간다면 주홍 알갱이가 하늘가에 대롱대롱 매달려 환한 빛을 발할 것이다.

금지된 꿈

　한 해를 보내는 마지막 토요일에 영화관을 찾았다. 미국 복판에서 우리말로 한국 영화를 볼 수 있다니 영상이 돌아가기 전부터 감동이 몰려왔다. 제목은 「천문(天問 : 하늘에게 묻는다)」, 영어로 「금지된 꿈 (Forbidden Dream)」이다.

　"백성은 항상 나를 우러러보고, 나는 백성을 내려다보는데, 올려볼 수 있는 하늘이 있어 좋다. 저 많은 별이 백성인 것을." 하늘을 쳐다보며 하는 세종대왕의 이야기다. 신선한 충격이다. 하늘이었던 임금 자신이 낮은˙지위에 있었던 백성을 바라볼 수 있는 별에 비유하는 것을 보니 존경스럽다. 나의 별은 누구일까? 일상에서 눈높이는 어디에 머물러 있을까? 내가 가르치는 어린이에게 눈을 맞추려 무릎을 꿇는다. 그러다가 눈을 들어 하늘을 본다. 수많은 별이 나의 어린이니까.

　같은 이상을 논할 수 있는 사람을 관노일지라도 친구로 삼는 왕의 관대함에 감동한다. 장영실은 제자리에서 변함없이 가장 빛나는 별, 북극성을 임금의 별이라고 칭했다. "그럼 네 별은 어떤 것이냐?" 묻는 임금에게 "천민은 별을 가질 수 없습니다."라고 대답했고, 그에게 임금은 북극성 옆에서 반짝이는 작은 별을 가리키며 "저 별을 네 별로 하거라."고 했다. "누워 보거라. 한 하늘을 보며 같은 꿈을 꾸고 있다는 것이 중요하다."라는 세종의 말에 둘은 바닥에 누워 하늘의 별을 함께 바라보았다. 선택과 인정은 밤하늘에서 함께 빛을 발할 수 있는 기적을 낳았다.

합리적인 농사법을 위해 이제까지 사용하던 중국 것이 아닌 우리의 절기에 맞는 시계를 만들어 보자고, 임금은 조선의 시간을 만들고 하늘을 여는 꿈을 꾸었다. 그의 꿈은 백성을 위한 것이었다. 우리나라 땅과 하늘에 의한 강수량 측정과 특징적이고 실리적인 방법을 모색했다.

그는 더 나아가 "혼자 스스로 서는 독립된 조선을 만드는 것이 나의 꿈이다. 그러기 위해 백성이 쉽게 읽고 쓰고 배울 수 있는 글이 필요하다."라고 훈민정음의 창제 동기를 백성에게 두었다. 조선을 위한 그의 꿈은 백성을 가르치는 바른 소리의 반포로 목적을 이루었다. 독창적이고 쓰기 편한 스물여덟 자의 소리글자다. 우리 민족의 자랑이요 자부심이다. 세계 어느 나라에서든 인정받는 훌륭하고 고유한 글자이다. 그분의 고뇌와 피나는 노력의 결실로 부족한 나도 글을 쓴다. 마음을 표현하고 전달할 수 있다는 것이 얼마나 감사한가!

세종은 조선의 독립이 명나라를 배신하게 된다는 슬픈 상황에 부닥쳤다. 필사적으로 반대하는 신하의 방해가 있을 뿐 아니라 나라의 존속이 위태로워진다는 사실이 임금을 어려움 속으로 몰고 갔다. 세종은 자신이 만든 천문관측 간이대를 헐어버리고 장영실을 파면시켜야 했다. 물론 중국 사신이 목격하는 것을 피하려는 의도였지만, 장영실의 생사는 그 후 역사 기록에서 사라졌다. 대국 사이에서 생존 경쟁을 겪어야 했던 약자의 안타까운 역사를 본다. 그 속에서 굴하지 않고 빛나는 업적을 이룬 세종대왕 앞에 숙연해진다. '금지된 꿈'을 이루어내었기에.

나는 꿈을 간직한 채 목표를 향한다. 그런데 그 꿈이 금지된다면? 금지는 어떤 행동을 하지 못하도록 하는 것이다. 원하는 일을 외부적인 조건이나 힘으로 실현하지 못할 때 다가오는 좌절감은 크다. 큰 포부를 품었던 시절에 원하며 이루고 싶었던 것을 포기해야 했던 기억은 아직도 푸르스름한 아픔으로 남아 있다. 두 살 터울의 동생을 네 명이나 둔 맏딸로서 나는 대학을 지원할 때 직장을 가질 수 있는 빠르고 확실한 대학을 선택해야 했기 때문에 하고 싶었던 공부에 대한 미련이 아련하게 남아 있는 듯싶다. 이민 초기 미국 대학에 도전하고 싶어 여러모로 물색하며 학교 문을 두드렸지만, 언어의 장벽을 넘기 힘들었고 무엇보다 가족의 생계를 위해 직장을 가져야 했으므로 또 다른 산 앞에서 주저앉고 말았다.

거슬러 생각하니 환경 탓으로 돌리며 스스로 위로받으려 했던 안위함도 있었던 것 같아 이제 새로운 목표를 설정하려 한다. 이루지 못했던 꿈을 지향하고자 온라인 사이버대학의 입학 요강을 들추어 본다. 은퇴 후 시작하는 늦깎이 학생일지라도 주어진 남은 날들을 충분히 활용할 수 있으리라고 마음을 다잡아 본다. '꿈을 이루는 길이 어렵고 방해받더라도 포기하거나 피하지 말자.'라고 되뇐다.

나의 작은 하늘에 뜬 별. 그 꿈이 떠올라 마지막 빛을 발하는 새벽에 나는 글을 쓴다.

까치발을 하면 보이는 세상

아빠가 아이에게 묻는다. "다음 중 종류가 다른 것은? 금붕어, 고등어, 상어, 사자 중 무엇일까?" 네 가지 동물 중에서 관계가 없는 다른 것을 고르는 사지선다형 문제다. 아빠는 네 가지 동물 중에서 물고기가 아닌 사자가 정답이라 했지만, 아이는 금붕어라고 고집한다. 이유는 그것이 예뻐서라고 한다. 아빠는 물속의 동물과 아닌 것을 범주로 삼았고, 아이는 예쁜 것과 예쁘지 않은 것으로 구분한 것이다. 오랜 시간 동안 논쟁했지만, 끝내는 아빠가 복수정답을 인정하고 만다. 아이는 자신의 눈으로 '예쁘고, 예쁘지 않은 것'으로 세상을 나누었다. 네 살 된 손녀의 이야기다

아이의 아빠는 정답을 정해놓고 그것을 요구하는 편협한 세상에서 살았는데, 이러한 태도를 우리 귀염둥이가 반성케 했다고 말한다. 나 또한 정해진 카테고리에서 내가 원하는 답을 요구하며 산다. 정해진 잣대로 옳고 그른 답으로 채점하면서. 정답은 하나일까? 아니 여러 개일 수도 있고, 없을 수도 있다. 그러나 우리는 사지선다형 문제에서 하나의 정답에 익숙해 있음을 인정한다. 우린 스스로 전통과 관습, 규례라는 짜놓은 굴레에 맞추어 살아간다. 손녀의 견해를 통해

나도 이제 생각의 폭을 넓히고 높여야 함을 깨닫는다. 범주 안의 특징적 요소들이 어떻게 관련되어 있는지 발견하는 창의적인 눈이 필요하다.

우습게도 내 키가 작다는 사실을 뒤늦게 알았다. 젊은 날엔 높은 굽의 하이힐을 신었지만, 이젠 굽이 없는 편한 신발만 신어서인지 새삼스럽게 발견한 사실이다. 하루가 다르게 성장하는 손자는 나에게 다가와 키를 재며 우쭐댄다. 그의 뻗친 팔 아래 내가 서 있기에 나는 웃으며 인정하지 않을 수 없다. 키가 작다는 불편함을 모르고 여태까지 살았는데, 나이가 드니 키가 줄었는지 물건을 내리고 올릴 때 사다리나 발판이 필요하다. 심지어 빨래를 워시어(washier)에서 드라이어(drier)로 옮길 때 손이 닿지 않아 까치발을 하고 또 집게를 사용해야 한다. 내 눈높이에서만 창밖과 세상을 내다보며 살아온 것이 아닐까?

지난여름 가족 캠핑 갔을 때다. 아침에 산속의 케빈에서 창문을 열었다. 신선한 바람이 마음을 열어주며 눈앞에 푸른 나무가 보였다. 나무밖에? 다른 것은 없나? 밖이 궁금해 의자를 놓고 올라가 고개를 쭈욱 빼니 침엽수 숲이 가려졌던 전신을 드러내는 게 아닌가. 숲을 보지 못한 채 나무만 보았다는 사실을 알았다. 나뭇가지에 깃든 예쁜 부리를 가진 새가 지저귀고 곁을 둘러보니 너른 초원에 이름 모를 풀꽃이 펼쳐져 있는 것을. 초록빛으로 장식한 자연의 정원을 가로질러 맑은 시냇물이 흐르는 경쾌한 소리가 귓가에 맴돌았다. 물소리는 잔잔한 파문을 일렁이며 하늘에 닿는 듯 울림을 주고, 푸른 하늘에 구름은 자신의 성을 만들며 떠 있었다.

넓은 세상이 다양한 아름다움을 간직한 채 펼쳐져 있었다. 나는 작은 창만큼 보이는 세상이 전부인 줄 알았다. 짜인 테두리 안에서 창

너머로 다른 세계가 있음을 모른 채 살아왔음을. 미처 관심을 두지 못하고 좁은 시야 속에서 주어진 일에만 성실하리라 생각하면서 말이다.

마음의 까치발을 들면 숨겨진 세상이 보인다. 조금 관심을 높이고 넓히면 보이지 않던 것이 시야로 들어온다. 멀리 보려면 더 높이 올라가야 한다. 하늘의 눈으로 보면 지구의 구석구석이 보이듯이. 구석진 곳에 그늘이 드리워져 있는 미처 인식하지 못한 소외계층이 보인다. 구태여 몰라도 되는 세상이라고 외면하며 살아왔는지도 모를 사람들이다. 도우며 함께 하길 꺼리진 않았는지 되돌려 짚어본다.

어느 시인은 "세상이 덜 아팠으면 좋겠다."라고 말한다.

누군가 "나 아프다."라고 말할 때 "너 아프니? 많이 아프겠구나!", "내 마음도 너처럼 아프단다."라고 그의 아픔을 들으며 같이 나누고 만져주면 족하지 않을까. 한마음으로 공감할 때 아픔을 덜어 줄 수 있으리라.

다른 사람의 글을 읽으며 그 사람의 인생과 가치관을 본다. 내게 새로운 시야의 창구가 생긴다. 글의 세계를 통해 다른 사람의 어려움을 들어주고 나눌 수 있기에 내 마음의 창은 넓어진다. 미처 깨닫지 못하고 접하지 못한 세상을 경험하고 이야기하고 싶어 오늘도 글쓰기에 정진한다.

조금만 마음의 발꿈치를 들어보면 새로운 세상이 보인다.

내 이웃이 되어줄래요

멀쩡하던 유치원 입구 강철 대문이 쓰러져 있다. 아니, 이게 웬일이야? 월요일 아침 출근한 나는 열쇠를 꺼내다가 놀라 어안이 벙벙했다. 지난 주말에 누군가가 차로 들이박은 흔적이다. 철공소에 전화하고 구부러진 철을 뜨거운 불로 야들야들 녹여 펴서 일으켜 세우고 레일을 고치니 철문이 열렸다. 등원하는 학부모가 불편하지 않도록 큰길에 서서 교통정리까지 하며 오전 내내 애를 태웠다.

등교 시간이 지나 유치원 앞이 조용해지자 사무실로 들어서는 내게 뒷집 아저씨가 다가왔다. 지난 토요일에 지나가던 차가 철문으로 직진하여 부순 후 뺑소니쳤다는 것이다. 그는 그 순간의 긴박했던 감정이 다시 떠오르는 듯 재빠르게 핸드폰을 꺼내더니 촬영한 동영상을 보여주었다. 다행히 철문을 들이받은 회색 차가 급히 뒤로 차를 빼더니 횡하니 떠나는 뒷모습에서 번호판을 읽을 수 있었다. "가해자를 처벌하고 피해액을 보상받기를 원합니까?" 리포트를 하는 내게 경찰이 물었다. 나는 차마 그 남자를 범죄자로 만들 수는 없었다. 이웃 사람이 밤에 실수했으리라 여기며 리포트를 하는 것으로 끝내겠다고 했다. 동영상을 촬영해준 이웃 아저씨처럼 그 사람도 분명 이웃일 터인데 하는 생각이 들었기 때문이다. 우리는 모두 좋은 이웃이 되길 바라는 마음이었다.

예전에는 유치원의 담이 벽돌로 막혀 있었는데 그것을 부수고 여닫이 철문을 만들어 드라이브 웨이로 만들었다. 일방통행으로 길 정리를 하니 우리에게는 안전하고 효율적이라 여겨졌지만, 예상치 못한 문제가 생겼다. 뒷동네로부터 차가 반대 방향에서 들어오는 위험한 일이 가끔 일어나는 것이었다. 'Do not Enter' 'Private Property, No Trespassing' 사인 판을 걸었는데도 소용없었다. 그 사인을 본 사람은 더 속력을 내어 빠져나갔다. 지나가는 차의 운전자에게 저 사인 판을 못 보았느냐고 다그치니 '지름길 short cut'이라고 웃으며 대답하는 사람도 있었다. 난 할 말을 잃었다. 이웃인데 화를 낼 수도 없고, 어디까지 그들의 편의를 봐주어야 하는지 고민했다. 좋은 이웃으로 지내는 방법을 모색하여 나부터 솔선수범하여 최선책을 찾아야 하는 것이 아닐는지.

딸이 어린 시절에 즐겁게 시청한 'Mr. Rogers' Neighborhood'라는 TV 프로그램이 있었다. 로저스는 미국의 방송인, 음악가, 작가, 목사로서 친절한 이웃 아저씨의 이미지로 어린이 교육에 큰 변화를 주며 그 진행을 33년간 맡았다. 딸은 방과 후에 그 영상을 보며 많은 것을 배웠고 사랑과 추억이 녹아들어 있는 방송이라고 말했다. 그는 사망한 지 20년이 지난 지금까지 선한 영향을 미쳤던 인물로 남아 있다. 그는 폭력적인 프로그램이 난무하는 시대에 꼭두각시 인형을 이용하여 도덕적이고 정서적인 내용을 담아 전했고, 그 프로그램을 보는 많은 어린이가 공감하며 수용했다. TV 미디어를 통해 창의적인 교구(Picture Board, Puppet 등)를 이용하고 지역 봉사자(Community Worker)가 일하는 모습을 소개했다. 같이 사는 이웃을 통해 폭넓은 메시지를 전달한 것이다.

최근에 Mr. Rogers를 기억하며 '이웃과 함께 하는 아름다운 날'이라는 영화가 만들어졌다. 교육적일 것이라고 기대하며 손주와 함께 감상했다. 영화는 미스터 프레드 로저스(톰 헹크스)와 그의 전기물을 쓴 로이드 보겔(톰 주노이드) 저널리스트와의 우정을 보여주었다. 그뿐만 아니라 로저스는 로이드에게 용서에 관한 이야기를 해주었다. 로이드는 어릴 적 가족을 떠난 아버지로부터 받은 아픔 때문에 냉소적이고, 깨진 가족의 관계에서 상처 입은 마음을 분노와 자제할 수 없는 폭력으로 나타냈다. 로저스는 그런 로이드의 말을 친절하게 들어주고 이해함으로써 그의 태도를 공손하게 변화시켰다. 로이드는 몸이 아프면 병원에 가듯 마음(Feeling)이 아프면 대화를 나누라고 말했다. 손가락을 끼며 연결된 이웃 관계를 만드는 모습으로 힐링이라는 단어의 느낌을 보여주었다. 용기와 힘을 주는 미스터 로저스는 진정한 우리 이웃의 모습이었다.

이웃이란 이사를 오면 시루떡을 돌리던 사촌 같은 관계를 말할 수 있다. 멀리 있는 물은 가까운 불을 끄지 못한다는 말이 있듯이. 고립된 현대사회에서 두렵고 불안한 우리를 돌봐주며 이해하는 존재로 친근함을 전해준다. 단순히 가까운 거리라는 의미보다 넓은 범위의 친밀한 동아리가 아닐까 싶다. 좋은 이웃이 되는 것은 우리 삶을 더욱더 풍요롭게 만든다. 어려움을 당한 사람을 돕는 선한 사마리아인이 우리의 바람직한 이웃의 가치로 맞닥뜨려 온다.

'It's a beautiful day in this neighborhood, Would you be mine? Could you be mine? 좋은 이웃과 함께 아름다운 날을 만들어 간다. 내 이웃이 되어 줄래요?' 어린이들이 부르는 노래가 더욱더 풍요롭고 따뜻한 세상으로 함께 가자는 초대장의 한 구절처럼 들린다.

작은 손가락일지라도

　우리 집 빈터에 선인장 한 그루가 서 있다. 오래되어 아름드리나무처럼 큰 것이 넓적한 손바닥을 펴고 팔을 벌려 하늘의 기를 받은 듯 좌우상하로 뻗어나가는 모습이 장관이다. 우람한 자태와는 달리 꽃은 하늘거리는 얇은 노란색이다. 꽃이 핀 후에는 열매가 열린다. 이 열매는 길쭉한 타원형으로 강렬한 핏빛을 띠며 다른 꽃이나 나무처럼 자주 맺히지 않아 보는 사람마다 반가움에 환호성을 지르게 만든다. 이것이 바로 백년초다. 더구나 이것은 익은 다음에 진가를 발하는데 우리 몸에 백 가지로 좋다는 학설이 있다. 특히 비타민C가 오렌지보다 10배가 많고, 혈관질환 예방, 뼈 건강, 염증 억제, 당뇨, 변비, 면역력 강화 등에 좋다고 한다. 열매는 모양도 예쁜데 효능까지 좋다니 나는 횡재한 듯하다. 어찌 보고만 있겠는가. 인터넷으로 어떻게 먹어야 하는지 방법을 찾아내며 궁리했다.

　해마다 보석을 캐듯 열매를 딴다. 손바닥처럼 두툼한 초록 잎 사이에 열린 자색 열매는 보기에도 탐스럽다. 수확하려고 조심스레 접근하지만, 문제는 그 보물에 가시가 있다는 점이다. 두꺼운 장갑을 끼고 집게와 가위를 이용해 조심히 땄는데도 가시에 손가락을 찔리고 말았다. 가느다란 가시가 박혀 있어 눈에 보이지 않는 채 나를 따끔 따끔 괴롭힌다.

손가락이 쑤시니 몸과 마음마저 불편하다. 우리 몸에 여러 기관이 있지만 한 부분이라도 불편하면 몸 전체가 힘들다. 작은 손가락일지라도. 각 기관이 원활히 기능할 때 건강한 몸으로 살아갈 수 있다는 평범한 진리를 깨닫는다. 몸 조직의 구성과 역할에 대해 생각해 본다. 벽돌 한 장 한 장이 쌓여 인체를 건축함과 같다. 서로 하는 일이 다르지만 협력하여 각자 고유한 기능을 수행한다. 마치 몸속은 수많은 행성의 움직임으로 만나는 우주와 같다. 오늘도 그 한 점이 제자리를 지키며 행성궤도를 돌아갈 때 펼쳐지는 우주를 본다.

사사기에 나무의 비유 이야기가 있다. 나무들이 자기를 다스릴 왕을 뽑고자 하여 올리브나무, 무화과나무, 포도나무를 추대하려 했다. 그러나 올리브 나무는 "내 기름은 사람과 하나님을 영화롭게 하오. 그 일을 그만두고 다른 나무를 다스리는 일을 어찌하겠소? 남을 통치하는 것보다 지금 하는 일이 더 가치 있는 일이요."라고 말했다. 무화과나무는 "나는 달고도 맛있는 과일을 맺는 일을 하는데, 풍성한 열매를 맺는 일에 만족하므로 계속하고 싶소." 포도나무는 "내 포도주는 사람과 하나님을 기쁘게 하오. 남을 기쁘게 하는 것에 큰 의미를 두고 있으니 나는 이 일이 좋소."라고 모두 거절했다. 오직 자신이 하는 일의 가치를 알고 고수하고자 했다. 명예나 권력을 부러워하지 않고 자신의 본분을 깨닫고 지키려 하는 올리브, 무화과, 포도나무의 태도에 나는 존경의 마음을 표한다. 본분이란 저마다 가지는 본래의 역할이나 의무를 말한다. 나무의 비유를 통해 내 자리를 둘러본다. 난 어떤 모습으로 본분의 임무를 수행하고 있나?

내가 30년 동안 운영해온 데이케어센터에는 나이별로 여덟 개의 반에 선생님이 각 담임으로 어린이를 돌보고 가르치는 일을 한다. 특별활동으로 태권도, 발레. 뮤직 클래스의 교사가 있고, 주방에서 음식을 만드는 분, 청소와 건물을 관리하는 분, 그리고 여섯 명이 방과후 애프터스쿨을 위해 초등학교에서 어린이를 픽업하여 데리고 온다. 이 모든 분이 각자의 위치에서 임무를 감당해줄 때 학교가 정상으로 운영된다. 난 오직 전체적 흐름을 지켜볼 뿐이다. 몸의 각 기관이 모여 사람의 지체를 이루는 것처럼. 한 선생님이 아프거나 결근하면 임무를 대행하기 위해 다른 사람이 얼마나 땀을 흘려야 하는가. 사소하거나 무시할 분야는 결코 없음을 깨닫는다. 한 사람 한 사람이 자신의 위치가 중요함을 느끼며 각자의 역할을 다해주어 감사할 뿐이다. 나는 자신 있게 말하고 싶다. 당신이 앉은 자리가 가장 소중한 자리입니다!

작은 손가락은 몸을 움직이고, 점 하나는 우주를 운행한다.

2

빨강 신호등 앞에서

운동회의 추억

5월은 가정의 달이다. 달력 속에 어린이날과 어머니날이 들어 있다. 우리 어린이학교는 매년 가정의 달이면 운동회를 개최한다. 자카란다 보랏빛 꽃그늘이 공원을 물들일 무렵. 어린이들이 엄마가 정성껏 싸주신 도시락을 메고 공원으로 걸어간다. 아이는 콧노래가 절로 나오는 게 아닌가. 싱그러운 자연 속에서 마음껏 뛰는 날이다.

어린 시절 드높은 가을 하늘 아래 만국기가 휘날리던 그 날의 풍경이 꿈틀거리며 되살아난다. 흙으로 곱게 다져진 운동장은 하얀 횟가루로 선이 그려져 있었다. 엄마가 만들어준 머리띠를 두르고, 검정 팬츠를 입고, 흰 덧신을 신었다. 운동장에 들어설 때, 발걸음은 가볍고 마음은 풍선처럼 부풀어 올라 흰 구름에 닿았다.

'하나, 둘, 셋, 넷' 국민체조를 하며 운동회는 막이 올랐다. 선생님이 호루라기를 불면 나는 힘껏 뜀박질을 시작했다. 체력이 약한 나는 등수 안에 들지 못해도 끝까지 달린 것만으로 만족했다. 어떤 친구는 넘어져도 벌떡 일어나 다시 달리는 의지를 보여주었다. 어린이들은 "청군 이겨라, 백군 이겨라!" 두 팀으로 나뉘어 열렬히 응원했다. 몇 달 전부터 준비한 매스게임, 곤봉 댄스, 부채춤은 축제의 꽃이었다.

큰 부채를 들기에 내 손이 너무 작았지만, 한복을 차려입고 족두리를 쓰면 공주가 된 듯했다. 원을 그리고 파도를 만드는 부채춤은 화려했다. 큰 바구니를 모래주머니로 쳐서 터뜨리면 반으로 쫙 갈라지며 비둘기가 하늘로 날아올랐다. 바로 점심시간을 알리는 이미지랄까. 엄마의 정성이 담긴 김밥, 삶은 달걀과 밤을 먹으며 온 가족이 모여 앉아 푸짐한 대화로 꽃을 피웠다.

점심 식사 후 열기는 더해졌다. 어린이는 뛰고 구르고 굴리며 온몸을 불살랐다. "영차영차!" 힘을 모아 줄다리기도 했다. 부모와 자녀가 배턴을 건네며 이어달리기하면 운동회는 절정에 달했다. 달리기를 잘하시던 우리 아버지가 제일 멋져 보이던 날이었다. 옆 마을, 윗마을 어르신까지 참석하여 동네잔치와 다를 바 없다. 푸짐하고 정이 넘치는 축제였다.

지금도 운동회는 즐거운 추억으로 고스란히 남아 있기에 나에게 주는 울림은 크다. 성인이 된 내가 교육기관을 운영하면서 해마다 운동회를 개최하는 이유인가 보다. 그뿐인가 부모가 참여토록 권장한다. 어린이가 부모와 서로 사랑을 나누는 데 가치를 두기 위해서다.

운동회 날 (동시)

아이들이/ 펄럭이는 깃발 아래 줄을 맞춰 섰다가

땅! 하는 신호와 함께/ 배턴을 주고받으며 릴레이를 한다

꿈을 실은 기차가/ 칙칙폭폭 호흡을 맞춰가며 달리듯

아이들이 둘씩 한쪽 발을 묶어 달리다가/ 넘어지면 어때? 다시 일어나 달리면 되지

큰 공을 굴리고/ 높이 매어 단 커다란 바구니를 향해

작은 모래주머니들이 새 떼처럼 치솟아 오르고

우리 팀 이겨라!/ 우리 팀 이겨라!/ 응원하는 소리가 운동장을 메운다

꼬마들은 엄마 등에 업혀/ 사탕 따먹기를 한다

운동장 가득 번지는 웃음들/ 친구야 잘했어!

서로서로 칭찬하며 마무리하는 운동회/ 날마다 운동회 날이면 좋겠다

현대를 사는 우리는 한꺼번에 여러 일을 해내며 바쁘게 살아간다. 가족의 구조, 기능, 역할이 변했다. 부모 중 한 명은 출근 시간에 늦지 않도록 프리스쿨에 아이를 맡기고 달려가야 한다. 숨 가쁜 직장 생활하며 육아에 최선을 다한다지만 힘에 겹다. 부모는 짧은 시간의 자녀와 만남으로 그들과 대화하거나 이해하기는 부족하다. 친구와 잘 지내던 어린이가 부모에겐 떼를 쓰며 관심을 얻고자 하는 사례를 보기도 한다. 자녀의 말과 감정에 집중하여 공감하고 경청해 줄 시간이 필요하다.

나는 가정에서 대화의 결핍 또는 부재로 가족 관계가 균열하는 모습을 보아 왔다. 운동회는 가족의 갈등이 치유되는 장소가 된다. 이 날만은 헤어진 엄마 아빠가 자녀를 위해 함께 시간을 갖기도 한다. 아이와 하나가 되어 아낌없는 격려와 응원으로 끈끈한 신뢰가 쌓인다. 서로 마음을 전하고 받으며 행복이 싹튼다. 온 가족이 함께 호흡하고 소통하는 한마당이 된다.

빨강 신호등 앞에서

하굣길에 어린이를 태우고 조심히 운전하고 있었다. 주변의 차와 같은 속도로 흐름을 유지하며 가는데 갑자기 앞차가 비상등을 켜며 섰다. 서 있는 차를 비켜 가야 하는 상황이 벌어져 순발력이 필요했다. 깜빡이를 켜고 수신호를 주며 차선을 바꾸려는 신호를 주었지만 웬걸 양보할 줄 알았던 뒤차는 오히려 '빵빵!' 요란한 소리를 내는 것이 아닌가. 간신히 차선을 바꾸어 안정을 찾으려 하는데 웬걸 뒤에 오던 그 차가 내 앞으로 끼어들며 더 빠른 속도로 앞으로 달려 나갔다. 괘씸한 생각이 들었지만, '급한가 보다'라고 마음을 고쳐먹었다.

얼마를 달려 빨강 신호등에 걸렸다. 서서히 차를 멈추고 보니 바로 그 차가 신호등 앞에 멈춰 서 있는 것이 아닌가. '응? 아까 내 앞을 추월해 갔는데. 그렇게 빨리 갈 것 같았지만 나랑 같은 곳에 서 있잖아' 결국 다시 만나는 모양새에 나도 모르게 콧방귀를 뀌었다.

초록불을 기다리는 사이에 많은 생각이 몰려왔다. 목표를 빨리 달성하려고 나도 저렇게 무례하게 달렸을까? 제 속도로 주행한 사람과 신호등 앞에서 어차피 만나는걸. 귀에 거슬리는 소리까지 내면서 양보와 배려 없이 행하지는 않았는지를 점검했다. 이민 생활에 적응하기 위해 열심히 살았다는 내 생각에 빨간불이 켜졌다.

도전하며 급하게 살아온 내 이민의 삶을 되돌아본다. Day Care Center를 설립하고 운영하는 것은 불모지에서 새로운 터를 닦는 것 같았다. 한국에서의 교직 경력은 별로 도움이 되지 않았다. 생소한 지역에 뛰어들어 하나하나 규칙과 법을 배워야 했다. 다양한 프로그램을 제공하고, 시간도 연장하여 학부모에게 편의를 제공했다. 17개국이 넘는 여러 인종을 어우르며 다민족 어린이를 양육해 왔다. 우리의 정체성을 지키면서 타인종과 조화를 이루어 많은 것을 성취했다고 자신했다. 그 결과 지역 커뮤니티와 이민 사회에 필요한 교육기관으로 한몫하며 성장했다. 특히 한국 문화와 음식을 접할 수 있는 장점에 한인 커뮤니티에 좋은 호응을 얻었다. 많은 어린이가 입학하므로 규모를 확장해야 했다. 그동안 운영하던 애너하임 지역을 벗어나 제2의 학교를 설립할 장소를 물색했다.

플러턴에 학교 부지로 적합하다고 생각하는 지역을 선정하여 1에이커의 넓은 빈터가 있는 주택을 구매했다. 주변에 세 개의 초등학교, 명문 중학교와 고등학교가 자리한, 한인이 많은 지역이었다. 이곳은 상업지역이 많지 않아 넓은 땅을 구하기 어려웠고, 주택지 용도(Zone)를 변경하면 학교 설립도 가능하다고 알고 있었다. 조건부 허가를 통해 사립학교를 건축하는 여러 예를 보기도 했다. 먼저 주 정부인가와 조건부 허가(CUP)를 취득하기 위해 주민공청회를 통과해야 했다.

이웃집과 좋은 관계를 유지하며 시간적 여유를 갖은 5년 후에 설계도와 함께 조건부 허가서를 신청했다. 당일에 공청회에 대한 공지를 전달받은 주민들이 우리 집을 둘러본 후 시청 회의실에 모였다. 한인은 눈에 띄지 않았다. 한인이 있으면 조금이나마 힘이 될 터인데, 길 건너 한동네에 몰려 살기 때문이라 생각했다. 나이의 노소를 불문하고 빠짐없이 참석해 지역을 지키려는 백인들의 열성과 적극적인 태도는 상상을 초월했다.

시청 회의실에서 처음 순서로 나는 일하는 부모를 위해 취학 전 아이를 위한 보육 시설과 방과 후 돌봄 시설이 필요하다는 취지와 계획을 발표했다. 커뮤니티를 위해 있어야 할 교육기관이므로 허락해 달라고 요청했다. 이어 주민들이 의견을 표명했다. 모두가 반대의 목소리를 높였다. "어린이를 안전하고 교육적으로 돌보겠다는 당신의 계획은 참 좋습니다. 그러나 여기는 우리 조부모부터 3대에 이르러 사는 주택지이므로 다른 상업지역을 찾아보십시오. 우리는 변화를 원하지 않습니다. 소음과 교통 체증도 생길 테니까요."

시의원의 투표 결과는 찬성표 2, 반대표 4로 부결되었다. 주민의 의견을 수렴해야 했다. 학교를 짓는 계획서는 쓸모없는 종이가 되어 허공으로 날아갔다. 어린이학교 건축을 포기한 채 20년이 넘도록 빈 땅으로 남아 잡초만 무성하다. 가장 아픈 이민 흑역사가 되어.

의지와 열정만으로 해결될 문제가 아님을 뒤늦게 알았다. 이민자가 겪는 힘든 과정이라 생각했는데, 돌이켜 생각하니 깊은 뿌리를 내리고 살아온 주민의 눈에는 낯선 아시아인의 무례한 시도라고 보였을 것 같다. 법을 무시하며 상식을 깨는 행위로 보였을 수도 있었겠다. '굴러온 돌이 박힌 돌을 빼낸다.'라는 속담처럼. 무식이 용감이었다고 할까. 보수적인 시의 분위기와 주민의 성향을 미처 이해하지 못한 채 의욕만으로 덤볐던 성급함을 이제야 깨닫는다.

나와 사물, 상황을 겸손하게 돌아본다. 몇 번의 인생 빨강 신호등에 걸렸던 시간을 돌아보며 틀려도 괜찮아. 늦게 도착하면 어때. 시행착오가 오히려 도움이 될 수 있다고 나를 다독인다. 서시오! 깨달음과 경각심을 주는 빨강 신호등이다.

묵은지의 깊은 맛으로

찬 바람이 불어오면 어머니는 월동 준비를 하셨다. 빨간 고무장갑을 낀 이웃 아주머니들이 어우러져 김장하며 음식 맛과 함께 사람의 정(精)을 만들어 내는 큰 행사였다. 밭에서 얻은 정기를 머금고 실려 온 배추는 꽉 찬 노란 속이 쪼개 나뉘어 소금물 속으로 들어갔다. 긴 시간 후에 뻣뻣했던 배추는 팔, 다리, 몸에 힘을 다 빼고 노골노골해졌다. 푹 삭아진 모습으로 변하는 것이다. 꼿꼿한 잎이 고개를 쳐들면 다시 짜디짠 소금물에 파묻혀야 하는 어려움을 겪는 것이 아닌가. 부드럽게 변한 다음에야 큰 그릇에서 물로 깨끗이 씻겼다. 속마음의 더러운 티까지 씻어낸다고 할까. 절여지고 씻기어 소쿠리에 놓여 물기를 빼내는 첫 단계를 거쳤다.

한편에선 무를 채 썰고 마늘을 빻고, 생강, 파, 갓, 미나리, 부추를 곱게 썰었다. 육수에 젓갈을 첨가하고 빨간 고춧가루를 버무려 감칠맛을 내는 양념을 만들었다. 급기야 풀이 죽은 배추는 빨간 양념 속에서 혼연일체를 이루었다. 양념이 몸통 속 깊숙이 스며들어야 제맛이 난다는 이치가 숨겨진 것이 아닐는지. 배추가 김치로 거듭나려면 적당한 온도에서 발효될 충분한 시간이 필요했다. 남녀노소 누구에게나 사랑받는 김치의 모습으로 태어나는 다음 단계다.

김장을 시작하기 며칠 전 아버지는 언 화단의 땅을 삽으로 구덩이를 파고 김장독을 묻었다. 그 토기 항아리 안으로 돌돌 말린 김치가 들어가면 김장이 끝났다. 김장을 마친 어머니는 "올겨울 준비가 끝났구나. 이제 풍족하게 지낼 수 있겠지."라며 흐뭇해하셨다.

11월 22일은 '김치의 날'이다. 캘리포니아주 의회에서 한국이 김치 종주국임을 명시하며 결의안을 통과시켰다. 김치는 세계적인 건강식으로 최고의 맛을 뽐낸다. 재료나 만드는 방식, 저장, 숙성 과정에 따라 맛이 달라진다. 이러한 김치의 변화 과정을 통해 인생의 교훈을 얻는다.

배추는 김치가 되기 위해 옛 흙의 연민을 버려야 한다. 자신의 자존심은 다 내려놓고 자아와 교만의 덩어리를 소금에 녹여야 한다. 자신을 내려놓은 배추는 양념으로 버무려지며 새로운 가치관이 곁들인다. 지식과 경험을 통해 삶의 방향과 인격이 형성되는 것처럼 발효하는 과정을 통해 미생물에 의한 분해 과정으로 효모균, 유산균 등 효소가 만들어진다. 이들이 면역력 증진과 천연 항생 작용을 하므로 사람에게 유익하게 바뀌는 것이다.

땅속의 적당한 온도 속에서 김치 맛은 아삭아삭 무르익어 간다. 이것이 겨울에 제맛을 더 풍기는 김치의 비결임에 틀림이 없다. 살얼음 속에서 묵은지의 은은한 맛이 고스란히 전해진다. 김치가 어두움 속에서 인내를 통한 값어치 있는 삶을 이루어 가듯 우리 인격도 이런 숙성이 필요하다. 이 과정을 통해 자신만의 특이한 맛을 지니게 될 터이니까. 자존심을 내려놓고 다른 사람과 어울려 분해되고 생성되어 살면 삶의 진솔한 의미를 깨우칠 것이다. 나도 추위 속에서 맛깔나는 세상을 만들어 가는 김치 같은 인생이길 바란다. 인격도 김치처럼 삭혀지며 묵은지의 깊은 맛으로 익어간다. 나도 숙성해 가야 하리라.

채소가 귀한 겨울철에도 기본 양식을 만들어 보관한 선조의 지혜에 감탄한다. 요즘에는 주택의 양식이 바뀌어 땅에 묻을 수 없다. 이 이치로 만들어진 김치냉장고가 전통 김장독의 김치 숙성과 보관 원리를 현대 기술로 구현했기에. 차가운 땅속 역할을 하고 수분 증발을 막아주어 김치를 신선하게 보관한다. 아마도 한국에서 만들어 낸 세계의 유일한 가전제품일 것이다. 자연의 조화를 이용한 단연 으뜸의 과학 작품이다. 나는 그 효능을 실감하며 결혼하는 딸에게 혼수품으로 준비해 주었다.

김치는 변함없이 입맛을 돋우는 반찬이다. 산해진미가 놓여도 그것이 빠지면 허전하다고 할까. 내 입맛을 닮았는지 손자는 일찍이 김치 맛을 알았다. 그는 가장 좋아하는 음식으로 김치찌개를 꼽는다. 어머니가 김장으로 겨울 먹거리를 준비하며 그 안에 인생을 녹여 내셨듯, 나도 손자를 위해 김치찌개를 끓인다. 묵은김치의 맛과 의미를 전해주고 싶어서다.

추억의 음식

    내가 운영하는 어린이학교를 졸업하며 떠나는 외국 엄마의 질문이다. "프리스쿨에선 잘 먹는데, 집에서 내가 해주면 안 먹어요. 이제 공립 킨더가든에 진학해서 점심 도시락을 싸 주어야 하는데 샌드위치 속에 어떤 재료를 넣었어요?" "우리 애가 집에서 Black Noodle(짜장면)을 만들어 달라고 하는데 무엇을 어떻게 요리하는지 가르쳐 주세요" 학부모들은 프리스쿨에서 먹는 음식 메뉴의 요리 과정과 사진을 부탁한다. 졸업 후에도 여기에서 먹던 음식을 그리워하는 학생의 이야기를 종종 듣는다. 많은 사람은 어렸을 때 먹던 음식을 좋아한다. 입맛에 익숙해졌기 때문이다.

    어릴 적에 공무원인 아버지의 빈번한 전근 덕분에 농촌에서 전원의 아름다움을 맛볼 수 있었다. 동네 언니를 따라 들과 언덕을 다니며 나물과 쑥을 캐곤 했다. 풀도 나물인 줄 알고 바구니에 집어넣어 혼나기도 했다. 하얗고 포동포동한 줄기의 쑥을 캐면 바구니 속은 기쁨으로 꽉 찼다. 엄마는 내가 캐온 쑥을 자랑스럽게 쌀가루와 버무려 시루에 쪄서 쑥버무리를 만들어주셨다. 부드러운 쌀 속의 쑥의 향기가 입안을 가득 채웠다. 쑥의 양이 많은 날은 쑥개떡을 만드셨다. "하필 이름이 왜 개떡이야?" 하며 웃곤 했다. 비가 오면 엄마가 부쳐주던 김치부침개는 고향의 맛으로 떠오른다. 지글지글 튀겨지는 부침개의 바삭한 맛은 창에 튀기는 빗방울과 어우러져 감칠맛이 났다. 지금도 비가 오면 그리운 맛이 되어 프라이팬을 꺼낸다.

아버지는 담 밑에 구덩이를 파고는 삽질이 끝나면 호박씨를 심었다. 노란 호박꽃을 피우고 호박을 맺으면 둥그런 호박보다 더 큰 알차고 기쁜 열매가 매달렸다. 엄마는 넓적한 호박잎을 따서 끓는 밥 위에 얹어 찐 후 그 잎에 된장을 발라 쌈을 싸 주셨다. 첫아이를 임신해 입덧으로 밥 못 먹을 때 나는 그 맛을 엄마에게 요청했다. 약으로도 해결할 수 없던 입맛을 돌우어 주었던 고마운 음식이다.

내 나이 20대에 초등학교 어린이와 같이 생활했다. 추운 겨울엔 조개탄을 교실 난로에 피우는 것은 경험이 적은 여교사에게 어려운 과제였다. 잘 붙지 않는 조개탄의 연기 때문에 눈물이 나고 콧속은 검게 그을렸다. 불이 발갛게 달아오르면 어린이가 싸 온 노란 도시락을 난로에 기술 좋게 쌓아 올려 데웠다. 데워 먹는 재미에 아이들도 적극적으로 협조했다. 누르스레 구워지면 구수한 냄새가 교실에 진동했다. 그것이 점심시간을 기다리는 이유가 되었다. 추억의 도시락은 그렇게 탄생했다.

명절과 더불어 설날에 방앗간 앞의 줄은 길었고, 엄마와 함께 물에 불린 쌀 양푼을 머리에 이고 순서를 기다렸다. 김이 모락모락 나며 가늘게 빠져나오는 가래떡을 보면 침을 꿀꺽 넘기며 참을 수 있었다. 부드러운 흰 살을 드러내며 길게 늘어지는 자태에 매혹되어 추위도 못 느꼈다. 가래떡을 길게 나란히 눕혀 참기름을 발라 조청에 찍어 먹으면 별미였다. 지금의 어떤 산해진미가 그 맛을 낼 수 있으랴.

며칠 후 물기가 마르면 예쁘게 잘라 떡국으로 끓여 먹었다. 사골을 오랜 시간 고아 우린 뽀얀 국물에 고명을 얹은 떡국은 우리 고유 명절의 상징 음식이었다. 한 그릇을 먹으면 한 살이 많아지는 기쁨을 함께 얻으면서 말이다.

먹다가 남은 말라버린 떡은 뻥튀기를 했다. 지금은 없어졌지만 "뻥이요!" 하고 외치는 아저씨 소리와 함께 떡은 크게 부풀려 튀어나 왔다. 소리를 듣고 많은 동네 아이가 몰려와 환호했고 골목은 웃음으로 꽉 찼다. 과자가 흔치 않던 시절의 재미있던 간식으로 기억한다. 세월이 흘렀어도 추억의 떡국으로 난 여전히 즐겨 먹는다.

주말에 흥겨운 축제가 열렸다. 626 Night Market에서 눈에 익은 한글 사인을 발견했다. '엄마 손맛 : Designer inspired by the love that surrounds me.' 한국 2세가 어렸을 때 엄마가 만들어 즐겨 먹던 음식을 그림과 카드를 통해 외국인에게 소개했다. 그 소녀는 정성으로 빚어진 음식을 먹고 성장했다고 자랑스럽게 사진을 가리켰다.

엄마는 음식을 맛있게 먹는 가족을 볼 때 행복하다고 하셨다. 잊을 수 없는 음식이 우리를 추억 속으로 인도했다. 사랑으로 버무려진 엄마의 손맛이기에. 추억의 음식에서 엄마의 모습이 보인다.

우리를 청춘으로 살게 하는 것들

밤새 바람이 불었다. 곱게 물들었던 감잎이 우수수 떨어져 늦가을의 쓸쓸함을 더해준다. 토요일 아침, 사람이 붐비는 시간을 피해 일찍 미용사와 예약했다. 너무 이른 탓인지 미용실 안은 한산했다. 머리가 하얀 백인 할머니가 손님의 머리를 손질하고 있었다. 얼굴에 주름이 많지만 온화한 미소가 포근한 인상을 풍겼다. 인사를 나누고 그녀의 이야기에 귀를 기울였다. 나이가 86세라고 했다. 믿을 수가 없다. 작은 체구이지만 꼿꼿한 자세로 부지런하게 손님의 머리를 매만진다. 혼자 살면서 집에 하숙을 치고 남동생도 돌보며 즐겁게 산다고 한다.

은빛 머리를 손질받는 손님이 있었는데 그녀는 98세로서 운전면허를 갱신했단다. 내일모레가 백 살인데 아직도 운전하다니 그녀의 활기찬 능력을 짐작할 수 있다. 그녀의 에너지가 내 가슴에 큰 파문을 일으킨다. 놀란 마음이 채 가라앉기 전에 옆 칸에서 일하는 할머니가 음식을 싸들고 출근한다. 같이 일하는 동료와 나누기 위해 간식을 손수 만들었다고 한다. 몇 분 후 거동이 불편한 할머니가 휠체어를 타고 들어오신다. 가발을 벗으며 머리를 산뜻하게 단장했다. 10대

소녀들을 보는 듯하다.

　미용실은 오랜 세월 동안 노인들의 일터가 되어 이른 시간부터 힘이 넘치고 생기가 가득 찼다. 그들은 계속 일할 수 있도록 렌트비를 올리지 말라고 건물 주인에게 당부까지 했단다. 젊게 살아가는 할머니의 신선한 세상을 보았다. 이미 은퇴할 나이가 지났음에도 자신의 건강을 관리하며 다른 사람까지 즐겁게 보살피는 태도가 여유롭다. 그들에겐 지금이 청춘인 것을. 나도 저 나이에 일할 수 있을까? 은퇴를 고민했던 내가 부끄럽다. 나는 어떻게 노년을 보내야 하는가? 대답이 보이는 듯하다.

　머리 손질을 마친 후 마음은 파티에라도 가야 할 것 같았지만, '노후를 위한 계획과 해결책' 세미나에 참석했다. 소셜 시큐리티(Social Security) 연금만으로 부족한 은퇴 후 생활비를 보충할 구체적인 계획이 필요했기 때문이다. 노후 계획은 아련히 먼 미래의 이야기라 생각했는데 이제 발등에 떨어진 불인 셈이다. 늦었다고 생각할 때가 시작할 때라고 하지 않았던가. 오랜 시간 동안 진지한 숫자와의 씨름에서 벗어나 집으로 돌아오며 가슴에 스치는 강한 메시지가 있었다. 은퇴는 직장을 떠나는 것이지 일을 떠나는 게 아니다.

　노후를 위해 물질만이 아닌 정신적인 계획이 필요하다는 것을 깨닫는다. 은퇴 후 노인으로 사는 만만치 않게 긴 세월을 헤아려본다. 내 세월의 위치를 감지하고 받아들여 '잘 늙어가기' 계획을 세워야 함을. 여전히 청춘으로 살기 위해서이다. 세상에는 젊은 늙은이가 있고 늙은 젊은이가 있다고 말한다. 세월은 주름살을 더하지만, 마음을 시들게 하지 못한다. 남은 생을 완성하는 설계와 실천 항목을 정해보련다. 내 여건에 맞추어 현실에서 내가 할 수 있는 것부터 시작해보자. 지금 가지고 있는 것 중에서 내가 잘 할 수 있는 것이 무엇일까를 생각해 본다. 먼저 마음을 비우고 내려놓는 것이다. 그동안 삶을 위해 움켜쥐었던 많은 줄을 풀어놓자. 나를 지탱케 했던 일에 대한 성취욕과 위를 향한 목표, 주위 사람을 위한 책임감에 대한 방향을 바꾸어보자. 살면서 입은 은혜의 빚을 갚기 위해 이젠 꼭 쥐었던 주먹을 펴야겠다. 나누고 봉사하며 주위를 행복하도록 애쓸 때이다.

코로나 팬데믹으로 닫혔던 시니어 센터가 문을 열면서 배움에 열정을 품은 노인들이 라인댄스, 요가, 영어회화, 스마트폰 교실의 수강 신청에 인산인해를 이룬다고 한다.

빠른 속도로 변하는 세상의 지식에 공감하기 위한 노력이 필요하다. 새로운 도전을 두려워하지 말고 호기심으로 가득 찬 어린이의 시선으로 다가가자. 의미 있는 일을 찾아 새롭고 경이로운 눈으로 바라볼 때 여전히 열매를 맺을 수 있으리라. 예리한 비판력은 없을지라도 그동안 얻은 경험과 지혜를 통해 전체를 둘러볼 수 있지 않을까. 젊은이의 미흡한 점을 슬그머니 채우며 너그러이 수용하여 같이 가고자 한다.

45년 동안 알곡을 키우기 위해 서 있던 벌판에서 소슬바람처럼 부드러운 아이들의 웃음소리를 듣는다. 뜨거운 태양이 서쪽으로 스러지고 가을걷이가 끝난 텅 빈 들판에서 나는 여전히 자리를 지키려 한다. 빛바랜 모자를 여미고 수고의 땀을 훔치며 겸허하게. 남은 사명을 지키기 위한 늦가을의 기도는 날 청춘으로 살게 할 것이다.

쥐구멍에 볕들 날

올해는 경자년 쥐띠다. 우리 가족 중에도 쥐띠가 여러 명 있어 친근한 동물이다. 옛날 설화에 따르면, 하느님이 열두 동물의 순서를 정하기 위해 경주를 시켰다고 한다. 소가 맨 처음 들어왔는데, 쥐가 꾀를 피워 소뿔에 매달려 있다가 약삭빠르게 뛰어들어와 1등을 했다. 사실 십이지간의 순서는 중국 은나라에서 시작되어 방위나 시간에 대응하는 의미로 사용됐고, 발가락 수에 의해 정해졌다는 등 여러 가지 설화가 있다. 쥐는 영리하고 재빠른 동물로 예지와 근면, 재물, 다산, 풍요를 상징한다. 그중 경자년의 '경'은 백색으로 하얀 쥐를 말하고 우두머리 쥐다. 그들은 지혜롭고 생존 적응력이 뛰어나고 새끼를 많이 낳기 때문에 번식률이 높다고 알려져 있다.

며칠 전 현관 불이 꺼져 집안이 어두컴컴해지는 불편을 겪었다. 남편이 등 안의 전구를 새것으로 바꾸었지만, 여전히 불이 들어오지 않았다. 하는 수 없이 기술자를 불러 도움을 청한 결과 등 위의 전기선이 끊겨 있는 것이 드러났다. 쥐 때문임을 직감했다. 집 뒤에 야산이 있기에 우리는 야생동물과 동거하는지도 모른다. 쥐, 다람쥐, 토끼, 코요테까지 출현해 긴장감을 주기 때문이다. 정원에 멋들어진 잎을 자랑하는 야자수가 있어 집의 풍미를 더해준다. 그 나무는 늘어지는 멋진 잎만큼이나 보기에도 먹음직한 열매가 열린다. 게다가 포도알처럼 큰 알갱이가 바닥에 떨어지면 맛있는 먹잇감 사냥에 야생동물들은 기승을 부린다. 물론 그중에서 쥐가 터줏대감처럼 행세한다고 할까.

언젠가 밖에 세워 두었던 내 차의 시동을 켰는데 엔진에 빨간 불이 들어왔다. 정비소를 찾았는데 어이가 없게도 범인은 바로 쥐였다. 그 녀석이 차 아래쪽 안으로 들어가 엔진과 연결된 줄을 끊은 것이다. 날카로운 이가 공로를 세웠을 터이다. 야자열매를 쌓아 놓고 먹은 배설물까지 남긴 흔적이 있는 게 아닌가.

초등학교 시절엔 집안에 쥐가 흔하게 눈에 띄어 징그럽다고 질색했다. 1960~70년대에 대한민국 지역사회 개발을 위해 '새마을운동'을 했다. 절대빈곤에서 벗어나 잘 살기 위한 운동으로 모든 국민이 참여했다. 풍요한 새 시대를 열기 위한 의지와 노력으로 좋은 결과를 가져왔다. 그중 하나로 농림부가 주관하여 '쥐잡기 운동'을 했다. 날짜를 정하고 밥 속에 약을 섞어 쥐구멍 앞에 놓아 전국에서 동시에 쥐를 잡았다. 초등학생도 그 운동에 참여해야 했다. 그 과정에서 쥐꼬리를 잘라서 학교에 가지고 가는 것이 숙제였다. 나는 아버지께 도움을 청했고, 겁이 많으셨던 분이 딸을 위해 안간힘을 다해 준비해 주셨던 기억이 있다. 그뿐인가 쥐를 잡지 못한 어린이가 쥐꼬리 대신 오징어 다리를 잘라서 가져오는 웃지 못할 해프닝까지.

우리 귀여운 강아지가 쥐약을 먹고 죽어서 슬피 울었던 아픔도 있다. 이렇듯 쥐는 더러운 곳에 살면서 무서운 전염병 유행성 출혈열, 페스트 등을 전파하고 곡물을 해치는 부정적인 점을 가지고 있다. 하지만 한편으로는 남을 위하거나 이롭게 하는 동물이기도 하다. 쥐는 사람과 유전적으로 비슷하여 인간 질병 연구에 실험물로 사용된다. 쥐의 일종인 햄스터는 집에서 사람과 동거하는 애완동물로 사랑을 많이 받는다.

쥐가 주인공이 되는 '톰과 제리, 시골 쥐와 서울 쥐, 미키 마우스' 등 많은 우화가 있다. 쥐는 가난하지만 꿈이 많던 청년 월트 디즈니의 애니메이션의 심볼로 살아나 있다. 캐릭터인 미키, 미니 마우스는 긍정적인 사고를 하고 있어 무슨 일을 당해도 다시 일어나며 남도 배려할 줄 아는 장난꾸러기로 많은 센세이션을 일으킨다. 옷, 가방, 신발, 시계에도 디자인되어 인기를 독차지한다. 우리 손녀도 미니 마우스 치마에 헤어밴드를 하고 캐릭터가 있는 물건에 푹 빠져 좋아한다. 서로 앙숙인 톰과 제리는 애증의 친구 관계이다. 꾀가 많고 날쌘 제리는 톰을 괴롭히지만, 어려움에 빠지면 그를 걱정하며 돕는다. 미키 마우스와 제리가 사랑받듯이, 어두운 쥐구멍에도 볕이 들 날이 올 것이다. 사회의 어둡고 그늘진 곳에 밝은 빛이 비치길 기대한다.

올 쥐띠 해에 남을 유익하게 하는 훈훈한 이야기가 많았으면 좋겠다.

무궁화꽃이 피었습니다

어릴 적 '무궁화꽃이 피었습니다'라는 놀이를 했다. 술래가 "무궁화꽃이…"를 외치며 눈을 감고 있으면 우리는 몰래 발걸음을 떼어 술래에게로 다가갔다. 구호가 끝나면 부동 상태로 정지해야 하는데 이때 동생은 움직이는 모습을 술래에게 들켜 잡히고 말았다. 잡힌 동생은 술래 옆에서 내가 구출해 줄 때를 기다렸다. 동생을 구해주어야하기에 숨을 죽이고 민첩하게 움직였다. 기다린 끝에 손을 터치해 구해내면 우리는 흥분하여 고함을 지르기도 했다.

이 게임이 넷플릭스 미디어를 통해 서바이벌 드라마 「오징어 게임」 9부작으로 제작되어 역대 최고의 흥행을 기록하다니. 전 세계를 아우르는 파급력으로 인해 놀라운 현상이 나타나고 있다. 미국 어린이도 같은 놀이를 즐겨한다. 'Freeze, Go, Stop' 하며 지시에 따라 행동하는 얼음 놀이다. 요즈음 우리가 바로 이 게임을 하는 듯하다. 일상생활이 얼음 상태로 모든 것이 멈춘 상황이라고 할까.

2020년 3월에 코로나바이러스 대응 긴급 행정명령이 시행됐다. 미국 전역에서 자택 대피령이 발령되어 재택근무를 실행했고 집안에서만 생활해야 한다. 학생을 대면하지 못하는 딸은 새벽부터 학생을 위한 온라인 수업 준비에 바쁘다. 화상채팅으로 교사와 회의하고 학부모와 카운슬링을 한다. 손녀딸도 피아노 레슨을 화상으로 받는다.

집회와 모임이 취소되고 전화와 카카오톡이 큰 역할을 하며 안부를 묻고 대응책에 대한 정보를 받는다. 몸이 조금 이상하면 '내가 전염병에 걸린 게 아닐까?'라고 코로나 신드롬 증상을 보인다. 65세가 넘은 나는 면역성이 약한 노약자로 분류되어 자녀로부터 마켓까지 출입금지령이 내려졌다. 우리 20여 명 가족은 할머니 추모 예배를 화상채팅으로 드린다. 이웃에 대한 배려라 생각하며 우리 가족이 솔선수범하기로 한다.

더욱이 양로병원(Nursing center)이 문을 닫았던 사실은 내 마음을 아프게 했다. 면역성이 가장 약한 어른을 보호하는 차원임을 이해했지만, 뇌졸중으로 쓰러져 혼자 음식을 잡수시지 못하는 엄마를 방문조차 할 수 없기 때문이었다, 아무것도 할 수 없는 무기력한 딸을 인식했는지 엄마는 황급히 본향을 향해 떠나셨다.

유독 겨울이 춥고 길게 느껴진 탓에 몇 년 전에 가졌던 워싱턴 DC 방문을 회상한다. 포토맥 강 주변 벚꽃이 만개하는 시기를 잡아 계획을 세웠는데 3월 초에 꽃봉오리를 터뜨리던 벚꽃이 갑자기 몰려온 강추위에 얼어 죽었다는 가슴 아픈 소식을 들었다. 벚꽃을 볼 수 없다면 일정을 연기할까? 망설이다 비행기 표와 호텔을 취소하기가 번거로워 그냥 추진하기로 했다.

그런데 웬일인가. 예상치 못한 선물이 기다리고 있었다. 우리가 도착한 3월 말, 워싱턴 대통령 기념관과 국회의사당은 벚꽃에 휩싸여 있었다. 포토맥 강 주변은 꽃잎이 흩날리며 연분홍 물결로 출렁였다. 수줍은 몸짓으로 만개한 벚꽃을 바라보며 내 몸도 얼어붙은 듯 움직이지 못했다. 기대하지 못했던 일이 내 눈앞에 펼쳐져 있는 게 아닌가. 기념 카드에서 보았던 풍경에 카메라를 쉬지 않고 눌러댔다. 일부러 벚꽃 나들이를 계획한 셈이 되었기에 화사한 빛 그늘에서 나는 소녀처럼 즐거워했다. 나뭇가지 아래에서 꽃비를 흠뻑 맞으며 강물을 바라보았던 시간은 아름다운 추억으로 남아 있다. 3월 초에 불어닥친 갑작스러운 추위에 꽃봉오리는 얼어떨어졌지만, 옆 가지에서 새로운 순을 틔워 꽃잎을 피운 것이었다. 새 가지에서 연한 순은 돋는다.

재빠른 백신 개발로 모임이 활기를 찾는 듯싶더니, 강도 높은 변이 바이러스의 출현으로 긴장을 놓지 못한 채 또 한 해도 지나간다. 3, 4차 부스터 백신을 개발하고 술래에게 계속 접근하면 언젠가 바이러스에 사로잡힌 사람을 구출할 수 있으리라 기대한다. 자유롭게 포용하며 보고 싶은 얼굴에 뺨을 댈 수 있길 그린다. 우리 일상도 'Go' 제자리로 돌아가리라.

잊히고 싶지 않은 사람들

'유월'하면 떠오르는 날이 있다. 현충일이다. 그날엔 어김없이 어머니와 가는 곳이 있었다. 동작동 국립묘지 한쪽에 자리 잡은 외삼촌의 묘이다. 그곳은 과거를 잊은 듯 평온한 초록 잔디 위에 조기가 줄지어 꽂혔고 하얀 국화꽃이 놓여 있었다. 외삼촌은 19살 고등학생 신분으로 학도병에 징집되었다. 제대로 군사 훈련도 받지 못한 채 전선에 투입되었기에 남침하는 중공군에게 포로가 되어 생사를 알 수 없다고 했다. 어머니는 정성껏 음식을 만들고 꽃을 준비하셨다. 시신도 없는 빈 무덤 앞에서 동생의 이름이 새겨진 묘비를 붙잡고 우시던 어머니의 모습이 생생하게 남아 있다.

Washington D.C.를 방문했을 때 한국전쟁 참전용사 추모기념관 앞에서 내 발걸음이 멈추었다. 한국전쟁에 참여한 미군이 180만 명, 그들의 숭고한 희생을 기리기 위해 19명의 군인을 조각해 놓았다. 화강암 옆 벽에 비추어지는 19명을 합하여 38명은 북위 38선과 전쟁 기간이었던 38개월을 상징한다. 비문에는 다음과 같은 글이 적혀 있다. 'Our nation honors her sons and daughters who answered the call to defend against country they never knew and a people they never met.' 전혀 만나거나 알지 못하는 사람의 나라에서 그들은 왜 싸워야 했던가?

어머니마저 떠나고 안 계시는 올해 미주 신문에서 한국전쟁 70주년에 대한 기사를 읽었다. 미네소타주에서 18~21세의 청춘의 나이로 지구 북동쪽 귀퉁이에 있는 한국전쟁에 참전했던 용사들의 이야기다. 미국 북단에 있는 미네소타주의 혹한이 한국의 겨울과 흡사해 추위에 익숙한 병사가 필요한 까닭에 맺어진 인연이라고 했다. 참전용사 중에는 전쟁에 나갔다가 미처 피지 못한 채 스러진 많은 젊은이가 있다. 세인트폴의 기념관 조형물의 중심에 군인이 서 있는 모습을 뻥 뚫리게 파놓았다. 아직도 고향으로 돌아오지 못한 군인을 뜻한다.

만져지지 않는 뚫린 형상에서 먹먹한 바람 소리가 들린다. '잊히고 싶지 않아요!' 그들은 잊힌 사람이 아니다. 전사자의 영혼을 표출한 동상 앞에 저절로 머리가 숙어진다. 미국에서는 한국전쟁을 흔히 잊힌 전쟁(Forgotten War)이라고 부르는데 그 이유는 많은 희생자를 낸 전쟁을 잊고 싶다는 마음이 아닐까.

전쟁 참전자 몇 분은 어언 90세가 넘은 나이로 생존해 계셨다. 전쟁 후유증으로 괴로워하던 그들은 휴전 후에 전쟁고아를 입양하며 대한민국의 발전에 이바지한다는 고마운 소식을 들었다. 인천상륙작전과 평양탈환 작전에 참전한 한 이름 모르 노병은 한국을 잊을 수 없다고 했다. 광화문과 갓 쓴 어르신의 사진이 담긴 할아버지 유품을 보관한 참전용사의 손자는 한류 팬이라고 했다. 그 기사가 자랑스럽게 느껴지는 것은 무슨 까닭일까.

전쟁터에서 기적을 이루어낸 대한민국이 잊힌 영웅들을 찾아 감사를 전한다는 소식을 듣는다. 젊고 뜨거운 희생의 피로 대한민국이 평화와 번영을 이루었음을 잊지 말아야 한다. 박두진 작사의 6.25의 노래. '아아 잊으랴, 어찌 우리 이날을. 조국을 원수들이 짓밟아오던 날을.' 우리 현대사의 비극이 시작됐고 16개국 유엔군 파병으로 서울을 수복하고 휴전 상태를 유지하고 있음을 안다. 사흘 후에 돌아오리라고 떠나온 실향민들의 눈물 속에 반복되어선 안 될 전쟁이 할퀴고 간 상처와 흔적이 남아 있다.

미국 내에 최초로 세워진 맨해튼 배터리파크 기념비를 비롯해 내가 사는 플러튼 시 힐크레스트 공원에도 희생자 전원의 이름을 새기는 기념비 건립을 추진하고 있다. 이 기념 조형물은 차세대 역사교육 자료가 되어 큰물을 끌어올릴 마중물의 역할을 할 것이다.

누군가는 세상에서 가장 슬픈 것은 사라지는 것이 아니라 마음속에서 잊히는 것이라고 말한다. 어머니는 동생과 지냈던 어린 시절 이야기를 자주 하셨다. 70년이라는 세월이 흐르고 뵙지 못했어도 외삼촌이 친절한 성품을 가졌으며 야구와 영어도 잘하셨다는 훌륭한 점에 대해 우리는 익히 알고 있다. 외삼촌은 우리 가족의 마음에 여전히 살아 계신다.

잊힌 사람이라고 여기지만 잊지 말아야 할 사람이 있고, 잊히고 싶지 않은 사람이 있다. 그 희생은 잊지 못할 기억이 되어 우리를 유지하고 성장시킬 터이다.

그 시절, 그 물건, 그 마음

　요즈음 나는 긴장된 시간을 산다. 과학과 IT산업의 발달로 생활이 편리해지긴 했지만 새로운 지식을 취득하느라 숨이 가쁘고 벅차기 때문이다. 신발명품이 옛것을 밀어낸 탓에 유효하게 사용하던 많은 물건이 사라졌다. 빠른 변화 속에 적응하지 못한 기업이 파산을 맞는 상황도 본다. 내 곁에 있는 케케묵은 물건을 꺼내 그것이 가지고 있는 변하지 않는 가치와 생활 속에서 주는 의미를 살펴본다.

　나는 어린이학교를 삼십대 후반에 개교했는데 이제 육십대 후반을 지난다. 이곳은 내 젊음이 묻어 있는 곳으로 낡은 책상과 책장이 놓인 사무실은 거의 30년 전 모습 그대로다. 여기에 타자기만 있다면 영화에 나오는 1980년대의 풍경이 될 것 같다. 동요와 옛날이야기가 담긴 카세트는 여전히 책장 위 제자리에 앉아 있다. 철마다 들려주었던 카세트의 노래 속에는 잊지 못할 기억과 행사가 담겨 있다. 다목적 교실 문을 들어서면 벽 한쪽에 진열된 낡은 비디오도 있다. 비가 와서 바깥 놀이를 못 할 땐 이 비디오를 즐겨 상영하곤 했다. 개교 초엔 사진을 찍을 때 코닥 필름을 사용했다. 행사 때마다 내 주머니에는 여분의 필름이 여러 개 들어 있었고 민첩한 손놀림으로 새 필름으로 바꿔 끼우기도 했다. 유치원을 졸업하는 어린이에게 추억을 남겨주고 싶어 예쁜 메모와 함께 앨범을 손수 만들어 식장에서 한 명 한 명에게 선물로 주었다.

새로운 혁명과도 같이 디지털카메라가 등장하니 편리했다. 예전에 쓰던 필름은 소비적이었지만 이 새로운 것은 사진을 찍은 자리에서 곧장 확인한 후 지울 수 있어서 좋다고 생각하면서도 마음 한구석에는 뭔가 잃어버린 게 있는 듯한 느낌이다. 인화하며 현상을 기다리던 설렘이 사라진 것이다. 이제 나도 시대에 적응한 탓일까. 요즈음 20년 넘게 수작업으로 만든 사진첩을 시대에 맞게 업그레이드하고 싶은 욕심이 생겼다. 너덜너덜해진 사진을 산뜻하게 정리 보관하고 싶어서 컴퓨터 온라인작업으로 앨범을 만든다. 격이 높아진 탓인지 사진 속 아이들이 한결 생동감이 넘쳐 보인다. 그 순간을 영원으로 남기고 싶어 나는 사진첩을 다시 꾸미고 있다. 해마다 찍은 졸업생의 사진이 사무실 벽에서 그때 그 모습으로 웃고 있다. 사진은 모습만이 아니라 감정과 추억이 담겼기에 소중한 기념품이 된다. 졸업한 몇 년 후 그 귀한 것을 들고 찾아와 인사하는 어린이도 있다. "선생님, 얘가 저예요. 기억하세요?"라며 손가락으로 가리키면서. 추억을 공유할 수 있는 지면이며 관심과 애정이 들어있는 물건이다. 정성어린 손길의 흔적을 통해 그때 느꼈던 감정은 우리의 마음속에 고스란히 남아 있다.

그 시절엔 좋은 곡이 있으면 카세트를 복사해서 쓰곤 했는데, 그후 MP3 파일로 다운받아 사용하다가 이젠 다운로드도 필요 없이 스트리밍한다고 한다. 퇴색된 카세트에서 어린이의 유쾌한 웃음소리가 들려오는 듯하다. 이솝이야기, 전래동화를 들려주던 시간 속의 감동으로 빠져들며 옛 음악과 스토리를 재생시키고 싶어서 보관하고 있다. 시대에 뒤진 교육 미디어인데도 말이다. 요즈음 만들어진 빠른 속도의 폭력적인 영상에 비교하면 더 좋은 교육 자료가 틀림없는데, 문제는 플레이어(player)를 이젠 생산하지 않는다는 것이다. 새 기계를 구할 수 없어서 귀중품을 모시듯 조심해서 사용한다. CD, 캠코더도 마찬가지로 이미 골동품이 되었다.

오래된 환경과 낡은 물건을 고수하는 것은 변화를 싫어해서만은 아니다. 안정된 분위기 속에서 초심으로 임하는 것이 좋기 때문이다. 언젠가 새로운 시스템으로 바꾸겠지만 그때까지 쓰고 싶은 마음은 향수일까? 젊은 선생님이 생소하다며 웃다가도 늙은 원장이 고집하는 가치를 이해하며 공감해 준다.

물건은 새롭게 창조되고 발전하지만 변하여 사라지는 것도 많다. 나는 아직도 옛것에 대한 미련이 남아 있다. 본래의 모습을 재조명해 보며 그 시절로 돌아간다. 그 마음을 간직한 채 쌓인 먼지를 닦아 회상의 바구니에 다시 담는다.

그땐 그랬다

나에게는 해가 가도 없어지지 않을 해결 과제가 있다. 2년마다 비전(Vision) 드라이브 테스트를 치르는 것이다. 시력검사에서 왼쪽 눈의 시력이 나오지 않기 때문이다. 눈 정밀검사 서류를 제출하고 운전 실기시험 날짜도 잡혔지만 정작 테스트는 코로나바이러스로 다섯 달이나 연기됐다. 눈 검사를 한 지 6개월이 지났기에 다시 시력검사를 해야 했다.

젊은 시험관은 하얀 머리 할머니를 환영하지 않을 것 같아 머리를 검게 염색했다. 자격지심에서 오는 보완책이지만 성의라고 여겼다. 손주들이 "할머니, 시험 잘 보세요!"라고 응원하며 내 차를 닦았다. 호스로 물을 뿌리고 걸레로 닦으며 땀을 흘리는 그들의 모습에 힘을 얻었다.

아직 나에게 맡겨진 임무를 생각하며 마음을 추스른다. 운전대를 놓고 싶은데 해야 할 일이 있다. 남편이 신장 기능이 좋지 않아 신장투석을 한 주에 세 번씩 해야 하는데 바쁜 딸내미의 신세를 지지 않고 우리 부부가 스스로 해결하고 싶다. 이것은 피할 수 없는 우리 부부의 일정이다.

오늘 DMV(차량관리국)의 긴 대열에 합류한다. 코로나바이러스로 직원과 시험관 인원수가 감축된 탓인지 진행 속도가 늦고 줄이 좀처럼 움직이지 않는다. 실내에는 의자가 드문드문 놓여 있지만 바깥에서 기다려야 한다. 뙤약볕에서 두 시간이 넘게 인내하며 서 있다. 등의 땀이 물줄기 되어 흐른다.

부모와 함께 온 틴에이저가 힐끗 나를 쳐다본다. 혼자 온 할머니가 이상해 보였을까? 기다리는 사람의 대부분은 처음 운전면허를 획득하는 학생들이다. 눈망울이 또랑또랑 빛난다. 할 수 있다는 자신감과 기대에 부푼 마음을 엿본다. 차를 운전한다는 역동적인 힘이 솟는 듯하다. DMV를 배경으로 V자를 만들며 사진을 찍는다. 무더위에도 아랑곳없이 패기에 차 있다. 부러워 바라보며 '나도 그땐 그랬지.'라고 그들의 마음속으로 빠져든다.

며칠 전 고등학생 조카가 운전면허를 획득하고 우리 집으로 차를 주행해 왔다. 흐뭇해하는 모습에 마음껏 칭찬해 줬다. 두 딸 역시 열다섯 살이 되던 때에 시키지 않아도 필기시험 공부하고 실기시험에 임했다. 자신의 차를 마련하기 위해 용돈을 모으던 태도가 기특해 새 차가 생기던 주말에 가족여행을 갔다. 프리웨이를 달리는 딸의 앞날을 축복해주고 싶어서였다.

나도 처음 미국에 와서 LA 시내의 복잡한 길을 피해 새벽에 운전을 연습했다. 차가 움직여 앞으로 간다는 사실에 흥분하며 운전대를 놓기 싫어했다. 지난날을 기억하니 저절로 입가에 웃음이 돈다. 젊은 날의 도전이 그리움으로 남는다. 마음의 자세를 바꾼다. 나도 그런 때가 있었다고.

반면 운전을 그만둘 나이에 새삼스럽게 실기시험을 보아야 하는 것이 내게는 스트레스다. 평상시처럼 운전시험에 임했다가 여러 차례 낙방의 쓴맛을 보았기에 나쁜 기억을 떨치기 힘들다. 시험은 언제나 마음을 긴장시키고 위축하게 한다.

조금 기다리자 직원이 다가와 묻는다. "누가 운전시험을 봅니까?" "저예요." 대답하자 믿기지 않는 얼굴로 재차 물어본다. 비전 드라이브 시험이라고 대답하니 그제야 수긍한다. 몇 가지 질문과 발열 검사후 스티커를 받아 가슴에 붙인다.

서류 절차를 끝내고 차를 탄 채 줄을 서서 기다린다. 운전대를 잡고 떨리는 마음을 달래며 안정을 찾으려 노력한다. 수신호, 응급 브레이크, 왼쪽, 오른쪽으로 고개와 어깨를 돌려 큰 행동으로 연습도해본다. 드디어 내 차례가 되어 시험관이 다가온다. '제발 한 번에 통과하게 해 주세요!' 절박한 마음으로 기도한다. 시력에 변화가 있나요? 서류를 자세히 들여다보던 시험관이 말문을 뗀다. 처음 당시와 똑같다고 대답하자 시험관이 큰 인심을 쓰듯이 말해준다. "2006년부터 변함없는 시력(stable condition)이므로 운전 실기시험은 필요 없습니다." 예상치 못한 대답에 눈물이 핑 돈다. 새 면허증은 1년 동안 유효하다고 한다. 내년에도 또 이런 상황이 되면 '그땐 그랬지.' 처음 마음으로 임해 보자.

내 나이처럼 메모 노트도 변한다

병실에서 홀로 지내던 무료한 시간이었다. 골반 골절 수술 후 코로나바이러스로 아무도 방문할 수 없었다. 혼자 견뎌야 하는 두려움으로 병실의 공기는 무겁게 내려앉아 있었다. 침대에서 움직일 수 없는 처지였기에 곁에 있던 핸드폰이 유일한 친구가 되어 내 마음을 송두리째 사로잡았다. 핸드폰 속의 '칼라 노트' 앱에 아프고 외로운 마음을 글로 옮겨 적기 시작했다. 눈만 뜨면 새벽이나 밤이든 개의치 않고 누워서 기록할 수 있어 나는 좁은 창에 몰두했다.

떠오르는 생각을 메모하고 점과 점을 잇듯이 단어를 연결하여 문장으로 엮어 표현했다. 완성된 문단을 수정하고 다듬어 색깔별로 글을 분류해 저장하면 한 편의 시와 수필이 탄생했다. 그 작업은 밝은 회복의 창을 열어주었다. 일 년을 지나 그 칼라 노트는 첫 시집 발간이라는 놀라운 결과를 가져다준 도구가 되었다.

기억의 페이지를 지난날로 넘겨보니 학창 시절에 빨강, 파랑, 형광 글자로 덧쓴 노트가 보인다. 수업 시간에 들은 내용을 필기한 다음 밑줄을 치고 강조하는 마크를 덧붙였다. 중요한 핵심은 별 한 개, 더 중요하다고 생각되면 별 두 개, 시험에 나올 확률이 있으면 별 세 개를 그렸다. 크고 작은 글자, 울긋불긋한 색과 별표까지. 먹을거리 볼거리가 많은 전통시장의 진열대와 같은 모양새였다. 나만의 독특하고 효과적인 노하우로 생각해 열심을 기울였나 보다. 새로운 단어와 공식을 외우기 위해 내 책상 주변과 벽에는 형형색색의 종이들이 붙어 있었다. 결과는 알 수 없지만 암기하는 데 효율적인 방법이라 생각해서였다.

예쁜 공책에 일상에서 느낀 생각을 기록하고 남기곤 했다. 풋풋한 꿈들은 내 미숙한 언어의 숲에서 숨 쉬고 있었다. 그 숲에서 나는 작은 나무가 되어 내일을 향해 잎새를 파드득거렸다. 완성되지 못한 글은 지금도 습작과 배움의 숲에서 성장하고 있다.

청춘기에 간직한 수첩은 기다리던 데이트의 핑크빛 날짜들로 채워져 있었다. 설레던 숫자가 요즈음엔 병원에 가는 날짜로 바뀌었다는 사실을 어떻게 받아들여야 할지. 휠체어를 탄 할머니를 밀고 병원 문을 들어오는 노부부의 모습이 씁쓸하게 느껴지는 것은 세월의 탓인가 보다.

딸을 출산했을 때 아기가 태어난 일시, 몸무게, 신장의 치수를 짧은 글과 함께 적어 앨범 속에 보관했다. 몇 달 후 옹알이를 시작하고 혼자 앉고 일어서서 처음 발걸음을 떼던 때의 기쁨을 버무려 담아 시집가는 딸에게 선물로 주었다. 딸은 친정엄마가 싸준 예단인 양 고이 간직하고 있다.

성장하는 딸과 소통하기 위해 포스트잇을 사용했다. 나는 일찍 출근하며 식탁 위에 '이것을 먹고 학교에 늦지 않게 가거라.' 써 붙여 애정을 표했다. 예나 지금이나 '밥을 먹었니?'라는 말은 엄마의 관심을 나타내는 표현 중의 하나이니까. 사춘기 딸이 엄마에 대한 불만을 포스트잇에 적어 내 방문 앞에 붙여 놓곤 했다. '엄마는 왜 나만 못하게 해요? 다른 친구들은 다 하는데…' 자신의 감정과 요구사항을 간단히 적는 포스트잇은 서로 다른 의견의 거리를 좁혀가는 대화 매체가 된 셈이었다. 이민 생활에 적응하느라 잠깐 소홀할 수 있었지만, 메모하는 습관은 학창 시절부터 지금까지 그대로 남아 있어서 많은 도움이 되는 것 같다.

주머니 속을 뒤집어 무언가를 찾는다. 빨래하기 전에 잊지 말고 해야 할 일이 있다. '아휴 참! 내 정신 좀 봐!' 세탁기 속에서 빙글빙글 돌아 괴상한 물체로 변한 종이 뭉텅이를 찾아내기가 일쑤이다. 깜박깜박 잊어버리는 실수를 막기 위해 쪽지에 메모해서 옷주머니에 넣어두고 꺼내 보며 기억을 상기시키곤 한다. 나중에 보려고 잘 보관했는데 그 사실조차 잊고 메모가 들어있는 옷을 세탁기 속에 집어넣다니 아연실색할 일이다.

은퇴하여 일을 놓은 후 오늘이 무슨 요일이지? 해야 할 일은 무엇이지? 한참 동안 생각해야 하고 머릿속이 하얗게 정지하는 순간이 빈번해진다. 느려지는 내 몸의 기능에 반하여 시간은 예순 후반을 갑절의 속도로 내달리는 요즈음이다. 기억의 끈을 붙잡으려 고안한 방법인데 번번이 불발탄으로 끝나다니 난감하다. 모든 일정과 중요한 계획을 적어두지 않으면 불안하여 자다가도 깨어나 적는 것이 나의 습관이다.

메모 노트 속에서 살아온 내 인생의 흐름을 읽는다. 기쁨과 슬픔, 만족과 고뇌의 흔적이 묻어 있는 언어를 찾는 듯하다. 어떤 길을 무슨 생각으로 걸어왔는지 기록으로 남기는 것은 큰 의미를 준다. 몇 년 전부터 나는 카카오스토리 앱과 밴드에 글과 사진을 보관하여 친구들과 공유한다. 잊지 않기 위해서 간략하게 요점을 글로 적는 메모의 범위를 넘어 남에게 전하고 공유하기 위해 업그레이드한 셈이다.

그곳은 남기기 위해 기록하는 곳이 아니라 미래에 대한 아이디어 기획의 장으로 변했다. 카카오스토리나 밴드에서 댓글을 통해 독자의 반응을 읽어 글쓰기에 반영하기 때문이다.

칼라 노트를 통해 글을 창작하여 엮어내고 시집 출판이라는 성과를 이루었듯이 일상에서 반복되는 메모는 글쓰기의 요람이 된 셈이다. 발전하는 메모 노트의 새 매체 속에서 글을 같이 소유하여 느끼고 영향을 줄 수 있길 바란다. 내 나이가 익어가듯 메모 노트 방법도 성숙해 간다.

3

두꺼워지는 돋보기 속 세상

화장대 앞에서

　가족 앨범을 보던 딸이 까르르 웃었다. "엄마, 머리가 이게 뭐야, 얼굴에 화장도 좀 하고 찍지." 젊었을 땐 으레 부스스한 머리에 민낯으로 사진을 찍었다. 미용실에 갈 시간도 없고, 화장품값도 절약하기 위해서였다. 얼굴에 끈적한 액체가 붙어 있는 것이 싫기도 했다. 한편 젊음에 대한 자신감도 작용했을 터. 공식 석상에 나설 땐 단정한 모습을 보이기 위해 부랴부랴 조금 찍어 바르는 듯 성의 표시만 했다. 품위 유지를 위해 화장은 필요하지 않았을까.

　이른 아침 출근 시간에 맞추어 얼굴에 화장품을 바르며 매만진다. 형광등 불빛 아래에서 급하게 한 화장 솜씨는 환한 대낮에 발각되기 일쑤이다. 눈썹과 입술이 균형 없이 비뚤어져 있곤 하다. 바쁜 일상에서 얼굴과 머리에 신경을 쓸 여유조차 없었던 것은 당연한 일이다. 오히려 손질하지 않아도 탄력을 유지하는 피부를 주신 부모님께 감사하면서 말이다.

　누구나 예뻐지고 싶어 하며 아름다움을 추구한다. 나 역시 예쁘게 보이고 싶다. 여인이 자신을 관리하는 모습이 사랑스럽게 와 닿기도 한다. 단정하게 자신을 관리하는 자세가 좋게 생각된다. 진하지 않지만 정갈하게 다듬어진 여인의 모습이 좋다. 남편은 화장대에 앉아 있는 아내에게서 사랑을 느낀다고 한다. 항상 화장한 얼굴을 유지할 것을 요청하는 남편도 있다고 한다. 나는 출가하는 딸에게 화장대를 장만해 준다. 사랑받는 아내가 되길 기원하는 마음에서다.

언제부터인가 내가 일하는 프리스쿨에서 모든 아이가 나를 할머니라고 부른다. 누가 가르쳐주지 않았는데 자연스럽고 정겹게 부른다. 삼십 대에 이 장소에 개원했는데 빠른 세월 탓에 은퇴를 앞둔 내 모습에 깜짝 놀란다. 아이는 "하머니" "함니"라고 제대로 되지 않는 발음으로 부른다. 처음 입학한 아이가 적응할 때 할머니로 비추어지는 내 모습이 그들에게 친근감을 주어 오히려 좋은 결과를 가져온다. 이제는 익숙해진 탓인지 원장 선생님보다는 오히려 포근한 호칭이라 생각되어 좋다.

세 살배기 생일파티에서 나이를 자랑하는 아이에게 "할머니는 몇 살일까요?" 물으니 손가락 세 개를 펴서 보인다. "더 많은데?"라고 했더니 다른 손의 손가락 한 개를 펴서 보태며 보여준다. "31이라고?" 물으니 "응"이라고 대답한다.

"고마워. 내가 젊어졌네. 할머니가 서른한 살이구나!"

나이 개념이 없는 아이에게 엄청나게 큰 숫자일 테니까.

나이가 들어가며 뽀얗던 피부에 검버섯이 생기기 시작한다. 이제 그 점을 가리기 위해 비비크림을 얼굴에 바르고 파우더 쿠션을 두드린다. 입술도 붉게 바른다. 늙은 부분을 감추기 위해 화장을 짙게 한다. 머리에 흰 선이 무성히 그어진다. 급기야는 염색한다. 노인의 백발은 면류관이라고 했는데 그것을 가리는 수고를 하고 만다. 겉모양으로 속 내용을 숨길 수 있을까?

동방예의지국이라는 한국은 남자도 화장과 성형수술을 하는 나라가 되었다. 남을 인식하여 체면과 예의를 중요시하기 때문이리라. 누군가 '아내의 어린 시절 앨범에서 변해버린 지금의 모습을 찾을 수 없다.'라고 말한다. 현재에 보이는 미가 더 큰 비중을 차지한다. 외모 지상주의가 되는 듯해 마음이 씁쓸하다. '그렇게까지 해야 하나?' 고루한 내 생각을 접으면서 보편화한 인식에 놀라움을 금치 못한다. 물론 형식을 통해 내면의 충실을 기할 수 있으니까. 곱게 가꾸고 유지하기 위한 노력일 수 있다. 보이는 것보다 꽉 찬 내면의 아름다움을 가꾸기 위한 노력이 필요하다. 검버섯이 핀 얼굴에 인자한 웃음을 담아 주름 잡힌 인생의 지혜를 품으련다.

91세이지만 예뻐지고 싶어 하는 어머니에게 화장품을 선물로 드려야겠다. 긴 세월이 만들어 준 삶의 가치는 더 아름다우니까.

독립기념일에 비친 한인의 긍지

7월 4일은 미국의 독립기념일이다. 거리와 주택은 성조기로 장식되어 화려한 물결을 이룬다. 별과 줄무늬의 파란색은 단결, 빨간색은 희생, 흰색은 충성을 의미한다. 또한 별은 50개의 연방 주를 상징한다.

성조기 문양으로 디자인한 의상, 양말, 모자를 쓰고 길거리를 많은 사람이 당당하게 활보한다. 애국심을 증명하듯. 거리에서 퍼레이드를 펼치는 곳도 있다. 밤하늘을 현란하게 수놓는 불꽃놀이가 진풍경을 이룬다. 이 축하 행사를 국민의례로 시작하는 애국심도 볼 수 있다. 동네 여기저기에서 폭죽 터지는 소리가 요란하다. 아뿔싸, 우리 강아지에게는 그 소리에 놀라 구석으로 숨는 공포의 날이기도 하다.

각종 연주회를 한다. 여름밤 야외 할리우드 볼에서 울려 퍼지는 교향곡과 어우러진 불꽃은 인상 깊게 뇌리에 저장되어 있다. 독립의 의미를 강렬하게 남긴다고 할까. 여러 행사를 통해 화끈하게 자축하는 국민성이 멋있다. 미국 국민으로서 자부심이 대단하다. 아니, 그렇게 조성하는 숨겨진 힘이 큰 대륙을 움직이는 게 아닐까 싶다.

우리 프리스쿨은 항상 태극기와 성조기를 나란히 게양한다. 행사

땐 두 나라의 국가를 부른다. 외국 어린이도 힘찬 목소리로 "동해물과 백두산이..." 열창한다. 자랑스러운 한국인으로서 모범적인 미국 시민이 되기 위한 바람이다. 2, 3세들을 위한 교육목표가 되기도 한다.

미국 독립기념일은 모든 국민이 기다리는 휴일이다. 일상 범주를 벗어나기 위해 우리 내외는 배낭을 메고 나선다. 한 번도 가보지 않은 새로운 길을 찾아 걷는다. 새로운 도전은 삶의 의욕을 주기에 발걸음 가볍게 출발한다. 신대륙을 발견하고 독립국가로 일어서기 위해 고진 분투했던 개척자 정신으로. 땀을 흘리며 정상을 향해 오른다. 고도가 높아질수록 내딛는 발걸음이 무겁지만, 깃발이 휘날리는 정상이 보일수록 박차를 가한다.

마침내 정상에 올라 큰 숨을 내쉰다. 힘들었던 모든 상념을 날려보낸다. 산 정상에서 멀리 파도치는 바다를 바라본다. 하늘과 바다 색깔이 닿은 경계에서 푸른 기운이 솟아오른다. 청 쪽빛으로 마음을 씻으며 정기를 담는다. 저만치 카타리나 아일랜드가 보인다. 너른 바닷길이 이어지는 태평양 건너편에 고국이 존재함을 인식한다. 이상을 찾아 태평양을 헤엄쳐 왔던 젊은 꿈을 떠올리며.

아시아 동쪽에 자리를 잡은 두 동강 난 작은 반도가 우리 고국의 현주소다. 스스로 약소 화하지 않고 잠자는 능력을 발휘하기 위해 교민들이 부단히 애쓴다. LA 폭동이라는 시련과 상처를 딛고 문화와 명맥을 이어가고 있지 않은가. 이웃 커뮤니티와 협력하며 아시안 증오범죄 등 인종차별에서 오는 어려움을 극복하려 애쓰고 있다. 같이 일하기 위해 스페인어를 배우고 히스패닉 대표 음식인 '타코'를 한국식으로 재해석해서 '불고기 타고'라는 음식의 융합을 이루는 모습을 본다.

몇 년 전 이곳 로스앤젤레스에서 한인의 결집력을 발휘한 예가 있다. 리틀 방글라데시 주민의회 구역 확정안에 대한 찬반투표에 절실한 마음이 되어 하나로 뭉쳤다. 한인타운이 반으로 쪼개진다는 현황에 잠자던 한인 의식을 일깨웠다. 한인타운을 지켜야 한다는 의지로 투표장에 문 열기 세 시간 전부터 오후 일곱 시가 넘어서도 줄은 끊이지 않았다. 계몽과 자원봉사를 통해 모두 일어섰다. 몸이 불편한 어르신까지 휠체어를 타고 나오셨다. '한인타운은 우리가 일군 곳이다.'라는 1세와 '내가 자랐고, 성장에 영향을 준 공간인 고향을 지킨다.'라는 2세의 참여 정신이 세대차를 넘어 한데 뭉친 것이다. 압도적인 부결로 한인타운을 지켜낸 감동을 어찌 잊으랴. 잠자는 사자의 코털을 건드렸다고 할까. 한인의 숨겨진 저력을 보여 자존심을 지켰다.

1월 13일을 '미주 한인의 날'로 제정하고 1903년 인천 제물포항을 떠나 하와이에 첫발을 내디딘 데서 시작된 한인의 미주 이민사를 기념하고 있다. 코리안 아메리칸의 정체성을 확립하는 동시에 시의원과 시장 출마 등 한인 정치력이 신장하고 있다. 경제, 사회, 문화 전반에 걸쳐 성장을 거듭하여 한인의 위상이 높아진다. 이에 시민의식과 참여 의식을 갖추어야 함을 강조하면서 말이다. 덕분에 다민족 학교인 우리는 성조기와 함께 태극기를 자랑스럽게 게양한다.

긴 역사 속에서 단일 민족의 긍지로 강대국의 침범에도 굴하지 않고 고난을 견뎌오지 않았던가. 대한민국의 긍지를 기려본다. 바위에 부딪히는 힘찬 파도의 기상을 닮은 듯하다.

두꺼워지는 돋보기 속 세상

어릴 적에 나는 눈이 자주 아팠다. 몸이 허약했고 가장 취약한 부분이 눈이었다. 칠판 글씨가 또렷하게 보이지 않아 초등학교 2학년부터 안경을 써야 했다. 안과 의사는 꼬마 단골 환자를 친절하게 진료해 주었다. 처음 안경을 쓰고 나올 때 엄마의 웃는 얼굴이 커다랗게 가까이 다가왔다. 햇살 비치는 밝은 세상이 선명하게 보였고 주변의 물체가 또렷하게 인지되어 좋았다.

그 기쁨은 잠시뿐이었다. 학교에 가면 친구들이 안경 쓴 나를 신기하게 쳐다보았다. 그 당시 대전 선화초등학교는 규모가 큰 학교였는데도 전교에서 안경을 쓴 아이는 고작 두 명이었다. 아이들이 곁으로 몰려와 나를 구경거리로 여기는 것이 싫었다. 짓궂은 아이는 '눈깔 4개짜리'라는 별명으로 놀렸다. 작은 얼굴에 걸친 안경이 거추장스럽게 느껴졌다. 그 때문에 밝아지는 세상과 반대로 안경을 싫어했다. 나의 애물단지가 된 셈이다.

근시인 내가 나이 육십이 넘어서니 가까이 접하는 책과 전화기 속의 글자가 뿌옇게 가물가물 안 보인다. 원시가 왔다. 어쩔 수 없이 돋보기가 필요하다. 나이가 들어가는 징표라고 할까. 올해엔 명확한 시력을 위해 돋보기의 도수를 더 높인다. 안경알이 더 두꺼워진다. 내가 가진 안경의 종류가 멀리 보는 것, 햇빛을 막는 것, 가까운 곳을 보는 것으로 세 개지만 가장 애용하는 것은 돋보기다. 책을 읽기 위해 먼저 돋보기를 걸친다. 이젠 절실한 필수품이 되어 내 손 안에서 상주한다.

요사이 사람과의 대화 수단으로 통화 대신 카카오톡으로 문자를 보내고 받는 것이 편리하다. 시간에 구애받지 않기 때문이다. 심지어는 연하 카드도 우편이 아닌 사진과 인사말을 카카오톡으로 보낸다. 한국, 미국과 지구촌의 모든 공간을 초월해 제일 빠른 소통 수단이 되었음을 인정한다. 작은 핸드폰 안에 내 일상이 다 들어 있다.

아침에 하루를 시작하며 전화기 속 온라인 신문으로 세상 소식을 접하고 오피니언이나 칼럼을 읽으며 생각을 공유한다. 일기예보를 확인하고 글에 관한 생각이 떠오르면 핸드폰 메모 칸에 기록하고 습작한다. 필요한 글과 서류를 이메일을 통해 주고받는다. 사진을 찍고 정리해 보관하는 장소도 핸드폰이면 족하다. 은행에도 갈 필요 없이 온라인 뱅킹으로 재정을 관리한다. 수시로 성경 말씀을 묵상하고 찬송도 애창할 수 있어 간편하다. 기능이 좋은 여러 가지 앱을 깔아 사용하니 이 어찌 좋지 아니하랴.

핸드폰보다 조금 넓고 업그레이드된 공간이 컴퓨터이다. 항상 책상 앞의 컴퓨터에서 업무를 처리한다. 내 활동 반경이 1m 이내에 있음을 실감한다. 인터넷이 연결되지 않으면 1분도 견딜 수 없는 처지이다. 빠르고 편리한 기기를 코앞에서 사용하며 업무를 수행한다. 그러다 보니 가까운 것에 너무 익숙해졌다. 두꺼워지는 돋보기 속의 세상에 안주한 듯하다. 사물을 보는 안목마저 좁아 드는 것 같다. 사물을 좋고 나쁨, 진위나 가치를 분별할 때 돋보기가 필요하게 된다면 어쩌지! 우려가 든다. 돋보기의 짧은 시야 안에 갇히지 말자. 눈앞에 있는 어려움에 힘들어하고 안일함에 익숙해 있는지를 나에게 묻는다.

가을이 무르익는 주말에 공원을 걷는다. 단풍잎이 보고 싶어 고개를 든다. 채색된 잎의 나뭇가지 사이에 푸른 하늘이 숨어 있어 소스라친다. 나무 위엔 저렇게 푸른 세계가 펼쳐진 것을. 드높고 넓다. 나뭇가지에 앉았던 새가 날개를 펴고 파드득 날아오른다. 새에게 관심을 주며 멀리 바라본다. 눈길을 돌리니 멀리 있던 산이 보이는가 싶더니 더욱더 멀어지며 작아져 간다. 쉼 없이 쳇바퀴 안에 갇혀 가까운 거리만 바라보고 살아가는 나를 인식한다. 앞에 놓인 것만을 해결하기 위해서 주어진 일에 충실을 기한다는 이유로 말이다.

큰 숨 한 번 들이켜 내쉬고 멀리 보자. 멀리 보아야 내일의 숲이 보인다. 눈길이 닿는 곳에 내 마음도 머문다. 안경 너머로 떨어지는 단풍잎이 노란 비가 되어 마음을 촉촉이 적신다.

관점의 차이

커피 잔에 빠진 파리

커피 내음이 온 방에 그윽이 찬다. 구수한 향이 긴장을 풀어주고 분위기를 부드럽게 해준다. 수필을 공부하기 전, 간단한 점심을 나누며 커피를 마시는 시간이다. 어디선가 파리 한 마리가 들어와 윙윙거린다. 눈앞에서 맴돌며 음식 위에 앉아 실례까지 범한다. 불청객의 출몰에 모두 신경이 곤두세워진다. 웬걸! 음식 위를 배회하던 파리가 방심한 탓일까? 커피잔 속에 빠졌다. 뜨거운 커피 물에 익사하다니.

"에구머니!"

"빨리 버리세요, 아이, 더러워!"

"파리가 불쌍하네요. 뜨거울 텐데!"

"파리가 없어져서 다행이에요."

깔끔한 분, 인정이 많은 분, 장소를 제공한 분, 지켜보던 사람의 각기 다른 의견이다. 서로 다른 자기의 견해에서 감정을 담아 이야기한다.

콜럼버스

2018년 11월 10일, LA 다운타운에 세워졌던 크리스토퍼 콜럼버스

동상이 45년 만에 철거되었다. 또한 미국 연방 국경일인 콜럼버스의 날을 원주민의 날(Indigenous People Day)로 바꾸는 도시가 늘고 있다고 한다. 1492년 콜럼버스는 스페인에서 출항해, 아메리카 대륙을 발견하여 인도인 줄 알고 정착했다. 그는 유럽의 시선으로 볼 때 신대륙을 개척한 영웅이었다. 위대한 모험가이며 탐험가이었다. 백인들은 그를 우상화했다. 미국의 수도를 Washington District of Columbia로 명명한 것을 보아도 알 수 있다.

반면, 콜럼버스는 오래전부터 미국에 살고 있던 원주민에게는 침략자였다. 삶의 터전을 빼앗은 총을 든 약탈자로 인식될 뿐이다. 인디언은 땅을 사랑하고 어머니로 여기며 살았다. 침략당한 후 생존하기 위해 자연 속으로 더 깊숙이 찾아들어야 했다. 황량한 사막과 돌멩이 산까지 거주지로 삼았다.

몬테수마 캐슬

애리조나주의 붉은 성지 세도나에서 20마일 떨어진 남쪽에 인디언의 옛 거주지를 찾았던 적이 있다. 아무것도 없을 것 같은 좁은 길을 한참 들어갔다. 놀랍게도 앞 계곡에 물이 흐르고 뒤엔 깎아내린 듯한 절벽이 병풍을 이루고 있는 빼어난 풍광이 펼쳐졌다. 물고기를 잡을 수 있는 맑은 물이 흘렀으리라. 절벽 위로 스무 개의 방을 가지고 있는 5층 구조의 인디언 집단 거주지로 몬테수마 캐슬(Montezuma Castle)이라 불렀다. 동물이나 적을 피하고자 사다리를 이용하는 지혜도 엿보았다. 경이롭고 평화스러운 모습에 오랫동안 눈길이 머물렀다. 그런데 안내 싸인 판에 '아름다운 이곳에서 살던 인디언들은 알 수 없는 이유로 언젠가 사라졌다.'라는 슬픈 사연이 적혀 있었다. 가슴이 먹먹했다.

이뿐이랴! 인디언의 아픈 흔적을 많은 곳에서 볼 수 있다. 푸른 나무, 들, 경작지가 없는 돌산 위에 형성된 호피 인디언 보호지역에서 어린이 여름 성경학교를 몇 차례 개최했다. 순수한 어린 심령을 위해 다양한 프로그램을 준비해 갔다. 그곳의 황폐한 자연과 문명의 혜택을 받지 못한 생활환경 때문에 가슴이 저렸던 기억이 떠오른다. 그들이 잃어버린 터전을 풀 한 포기 없는 곳에서 일구며 아팠을 시간을 가늠해 본다. 착취, 강탈당하는 종족 고난의 아픈 세월이 지나갔다. 원주민 집단학살, 전염병 전파, 원주민을 노예화한 콜럼버스 후예들의 잔혹성이 부각된 것이다. 역사는 살아서 이긴 자의 것이라 하지만 객관적인 잣대의 올바른 평가가 필요하지 않을까.

커피에 빠진 파리를 보는 사람의 입장에 따라 다른 생각을 한다. 콜럼버스는 침략자인가, 영웅인가? 인디언 보호지역은 인디언을 위한 정책일까 아니면 침략자가 자신의 과오를 덮기 위함일까? 다른 관점에서 상황을 본다는 것은 엄청나게 큰 차이의 결과를 가져온다는 것을 깨닫게 하는 세 이야기이다.

'일찍 일어난 새가 벌레를 잡는다.' 부지런함을 장려하는 격언이다. 상대적으로 '일찍 일어난 벌레는 어찌 되는가?'라고 반문한다면. 누구의 측면에서 보아야 하는지가 생각의 여지로 남는다. 상황을 어떤 관점(Point of view)에서 보느냐는 또 다른 가치관을 낳는다. 다른 방향의 삶을 살게 하는 중요한 요소가 된다.

나는 어느 관점에서 삶을 바라보는가?

열쇠가 주는 의미

나는 여러 개의 문을 열며 하루를 시작한다. 밤새 잠겼던 철문을 활짝 열고, 돌아가며 교실 문을 연 다음 창문을 젖히어 시원한 바람으로 환기를 시킨다. 곧이어 현관문을 열며 엄마 손을 잡고 등원하는 아이를 반갑게 맞이한다. 열쇠는 하루를 여는 중요한 물건이다.

두세 살 원생 아이는 열쇠를 좋아한다. 자기 엄마가 열쇠로 문을 열고 차의 시동을 켜는 모습을 보며 부러운 눈초리로 바라본다. 그 아이에겐 열쇠가 없는 탓에 장난감 열쇠로 사물함을 여는 놀이에 호의를 가진다. 열쇠를 이용해 여닫는 원리로 만들어진 교구는 아이에게 흥미를 줄 뿐만 아니라 지능계발에 유익하다.

닫힌 공간의 문을 열고자 하는 호기심은 누구나 추구하는 욕구다. 그 욕구를 충족시키는 재미있는 발명품이 열쇠일 것이다. 열쇠는 견고한 빗장을 연다고 할까. 굳게 간힌 비밀의 공간을 손쉽게 공개해준다. 요술과도 같은 비법에 마음을 빼앗긴다. 어린 시절 동화책을 읽으며 비밀화원을 열 수 있는 열쇠를 그린 적이 있다. 닫힌 사람의 마음을 여는 열쇠도 있으면 좋겠다. 그 문을 열려면 방법을 알아야 한다. 상대를 서로 끼어 맞추는 퍼즐과도 같다. 볼록과 오목의 조화에 열쇠의 비밀이 숨어 있음을. 그를 통해 태극기의 파랑, 빨간색과 같이 음과 양으로 이루어졌다고 하는 이치를 배운다. 나아가 우주 만물이 음양의 조화로 형성된 자연의 진리를 알 수 있다.

옛날 집안의 어른은 며느리에게 경제권을 넘길 때 곡간 열쇠를 주었다. 곡간은 쌀가마를 보관하는 곳으로 재물이 있는 곳을 뜻한다. 그곳을 연다는 것은 살림을 주도하는 책임 징표로 통장 관리 소유권을 가지게 된다고 할까. 열쇠를 사진 사람만이 곳간을 열 수 있기에 능력, 권위의 상징이기도 하다. 집안 여인의 존재가 인정받고 실력을 발휘하는 물건이 틀림없다. 열쇠를 통해 위치 또한 부여받게 됨을 깨닫는다. 나 또한 세월이 갈수록 열쇠의 수가 많아진다. 소유하는 물건이 늘어나기 때문이다. 집, 차, 방, 서랍을 열어야 한다. 편리하고 필요한 욕구를 채워주는 대신 책임과 의무가 따른다. 열쇠 꾸러미의 무게가 어깨를 짓누르는 무게를 느낀다. 열쇠는 요즈음 일상에서 사용하는 이메일, 은행카드, SNS 등 모든 계정의 비밀번호와 같다고 할까. 기억의 늪에서 헤매는 어려움을 겪기도 한다.

몇 년 전 세계에서 제일 작은 나라인 바티칸 시국을 방문했다. 성 베드로 성전이 있었다. 성스러운 공간에서 내 눈은 휘둥그레지며 성화와 조각 가운데에서 열쇠를 들고 있는 베드로를 보았다. 베드로는 "주는 그리스도시오, 살아계신 하나님의 아들이십니다."라는 신앙고백을 통해 "네 반석 위에 내 교회를 세우리라. 또 천국 열쇠를 네게 주리니 네가 땅에서 무엇이든지 매면 하늘에서도 매일 것이다."라는 교황의 특권을 부여받았다. 그는 부활하신 예수님을 전파하다 순교를 당했다. 그의 시신이 보관된 무덤터에 성 베드로 교회가 세워진 것이다. 미켈란젤로가 설계하고 120여 년간을 거쳐 베르니니에 의해 바로크 양식으로 완공되었다. 성전 문을 열고 밖으로 나오니 많은 사람을 팔로 안으려는 듯 넓고 웅장한 광장이 펼쳐졌다. 위에서 내려다본 광장이 열쇠 형상이라는 사실이 경이로웠다. 베드로의 상징인 '천국의 열쇠'를 품은 광경이기 때문이다.

요즈음 열쇠의 형태는 많은 변화를 가져왔다. 버튼을 누르거나 비밀번호를 입력하거나 지문을 터치해서 문을 연다. 이미 열쇠 대신 스마트폰으로 차 문을 열도록 개발했다. 언젠가는 무거운 열쇠 꾸러미가 사라질지도 모르겠다. 그런데도 변함없이 열쇠를 '문제를 해결하는 키'라고 일컫는다. 나의 닫힌 공간을 열어주고 삶의 어려운 문제를 해결해 줄 열쇠는 무엇인지? 자신의 역할을 감당하려고 노력하는 열쇠에 찬사를 보내며, 열쇠가 나에게 주는 의미를 생각해 본다.

불구경만 하고 있었나?

전화벨이 울렸다. 그날 소파에 편안히 앉아 따뜻한 차를 마시며 일과의 긴장을 푸는 늦은 밤이었다. 한국에 사는 동생이 다급한 목소리로 산불에 대피했는지 물었다.

'응? 대피령? 어디에서 불이 났는데? 어떻게 확인하지? 우린 경찰이 다녀가지 않았는데…' 대답하고 전화를 끊었다. 아무것도 모르고 있다가 옆집에 전화했더니 그 집은 온 식구가 나와서 지금 집 밖에 물을 뿌리고 있다고 했다. 그제야 사태가 심각함을 알아차렸다.

며칠째 로스앤젤레스에는 고온 건조한 날씨에 산타애나 강풍까지 불었다. 전력공급을 강제로 단전하는 등 산불 예방을 했음에도 80마일로 부는 강풍에 가로수가 쓰러지면서 전선을 덮쳐 발화된 불이 빠른 바람을 타고 미친 듯 번지고 있다고 했다.

자연의 위력 앞에 속수무책이다. 여기저기 산불 소식이 들려왔다. 인공위성에서 보면 로스앤젤레스 인근이 온통 빨간빛으로 버무려 보일 게다. 신문 1면 산불 사진이 마치 화보 같다. 화염에 싸인 주택, 한 생명을 구하고자 사투를 벌이는 소방관들의 모습이 들어 있다. 어찌하든 삶의 터전과 소중한 예술품을 지켜내고자 필사적인 그들이 숭고해 보이고, 또 맹렬한 불길 앞에 한없이 무력한 인간임을 새삼 느꼈다. 이 불길을 잡지 못한다면 게티 미술관, 시미밸리, 레이건 대통령 도서관까지 위협을 받는다고 한다. 그러면서도 아직 우리 마을과는 거리가 멀기에 마음 한편에서는 남의 일로 여기면서 강 건너 불구경하는 심정이었다고나 할까.

그런데 오후부터 우리 동네에서 가까운 곳까지 산불이 번지고 있다는 소식이 들려왔다. 산불 때문에 길이 막혀 귀가하는 학부모가 늦게 왔다고 했다. 그래도 우리 동네는 아니라고 안심했는데 밤늦게 받게 되는 안부 전화에 그제야 정신이 번쩍 들었다. 안일한 내 생각에 급기야 빨간불이 켜졌다.

서둘러 인터넷 실시간 뉴스를 켰다. 실시간 중계되는 화면에는 화마가 날름거리면서 깜깜한 밤을 붉게 물들이며 나무를 맹렬히 나무를 맹렬히 삼키고 있다. 빨간 불을 켠 소방차가 즐비하고 헬리콥터가 연신 물을 뿜어내고 있었는데 바로 우리 동네인 Fullerton Coyote Hill였다. 시끄러운 소리로 밤공기를 흔들었다. 길은 차단되고, 인근 집 주민들은 대피했다. 나도 딸에게 전화를 걸어 퇴근을 재촉했다. 남편에게 밖으로 나가 호스로 물을 뿌리라고 제안했다. 가까이 사는 지인에게 전화로 안부도 물었다. 머릿속이 질서 없이 바빠졌다. 집안을 둘러보며 귀중품을 찾아보았다. 당장 들고 나갈 것이 무엇일까?

'오늘 밤에 큰딸 집으로 대피해야 하나? 무엇을 챙겨 가야 하지?'

'그랜드 피아노는 커서 어쩔 수가 없어. 그럼 우리 딸들이 어렸을 적부터 연주하며 간직한 첼로, 바이올린을?'

안방에 들어가 옷장을 열었다가 서랍을 뒤지고 이것저것 헤집어 봤다.

'집 타이틀 문서, 자동차에 대한 것, 아니면 시민권 서류, 여권, 보

험 증서들, 내 글이 담긴 컴퓨터? 아! 우리 가족의 추억이 담긴 앨범들도 소중한 것인데…'

내 곁에서 함께 해 온 많은 것들이 눈에 들어온다. 그동안 비운다고 욕심 없이 살았다고 했는데도 뭐가 이리 많은지.

위기의 상황에서 생명을 구하기 위해 필요 없는 물질인데, 순간 롯의 아내가 뇌리를 스친다. 소돔 성을 찾아온 천사들이 죄악으로 인해 심판이 임할 때 성을 빨리 떠날 것을 요구했다. 롯은 아내와 두 딸을 데리고 성 밖으로 나왔다. 뒤를 돌아보거나 멈추지 말라는 지시와 달리 롯의 아내는 뒤떨어져 있었고, 그녀는 소유물에 애착이 컸기 때문에 발걸음을 뗄 수 없었다. 그동안 불길이 치솟으며 돌진해 오는 끓는 물에 둘러싸여 사로잡히고 말았다. 그리하여 그녀는 소금기둥이되어 버렸다. 나 또한 물질에 대한 욕심이 다를 바 없지 않은가?

다행히 불길이 수그러지고 대피령이 해제됐다는 소식을 듣고 잠을 청했다. 아침에 현관문을 열고 밖에 나서니 매캐하게 나무 탄 냄새가 진동하고 재도 흩날린다. 뿌연 하늘에 한 조각 떠 있는 구름 너머에 숨겨진 푸른 하늘이 가까이 와서 안긴다.

내 삶의 내비게이션

커다란 가방을 밀며 로스앤젤레스 공항에 들어오던 때가 생각난다. 어린 두 딸의 손을 잡고 낯선 땅에 발을 디딘 지도 벌써 삼십여 년이 지났다. 그때는 American Dream을 이루기 위한 뚜렷한 계획도 미처 세우지 못한 채였다.

한국전쟁 당시 시부모님은 며칠 후에 다시 돌아오리라 생각하고 휴전선 이남으로 남하했지만, 끝내 고향을 다시 찾지 못하셨다. 북녘의 가족을 마음에 품은 채 보고 싶은 간절한 마음으로 지낸 날이 얼마나 길게 느껴졌을까. 기쁜 날에도 부모님을 생각하며 흘리시던 눈물은 가족에 대한 잔잔한 그리움이 되어 우리 마음을 적셨다. 전쟁의 아픔이 가시며 한국은 경제 성장을 했고 국제화 시대가 도래했다. 큰아들이 태평양을 건너 미국 땅에 뿌리를 내렸기에 부모님도 은퇴 후 고국을 떠나셨다. 둘째아들인 우리 네 식구도 생활 터전을 옮겼다. 가족이 헤어져 사는 것을 원치 않으시는 부모님의 뜻에 따라 함께 살기 위해서였다. 새끼 새들이 엄마 새가 있는 둥지 안에 모이듯 우리는 그렇게 미국 땅에서 모였다.

문화가 다른 타국이기에 새로운 출발을 위한 용기 있는 도전이 필요했다. 이민 생활에 적응하며 배워야 할 사항 중에서 첫 번째가 지도를 읽는 방법을 익히는 것이었다. 종이 책자로 된 지도를 뒤적이며 모르는 곳을 찾아가는 시도는 나에게 신선한 의욕을 주었다. 주소로 정확한 위치를 찾은 후 페이지 쪽수와 디렉션을 메모해 출발하곤 했다. 지금도 종이 지도책은 교과서인 양 내 책꽂이에 꽂혀 있다. 미래를 향해 나가야 할 길을 안내해 주었기에 소중한 길잡이로 간직하고 싶어서이다.

얼마 되지 않아 두꺼운 지도책 대신 인터넷 구글맵을 통해 편리하게 가는 방법이 생겼고 차에 Navigation이 부착되었다. 내비게이션은 출발 지점에서부터 도착지까지의 거리, 소요 시간, 가는 방법과 길 이름을 자세히 설명해 준다. 위성이나 자자기 센서로 배, 비행기, 자동차의 주행을 지시하며 운전을 도와주는 장치와 프로그램이다. 게다가 교통 체증으로 길이 막히면 다른 지름길로 안내해준다. 길가에 떨어진 장애물이나 교통경찰의 단속 위치까지 감지해 미리 알려 주니 얼마나 편리한 장치인가. 기계에서 흘러나오는 목소리를 잘 따라가면 쉽게 목적지를 갈 수 있으니 말이다.

얼마 전 한국에서 손님이 와서 만나러 갔다. 위치를 어렴풋이 아는 곳이기에 망설이지 않고 출발했다. 사전 공부나 내비게이션을 켜지 않은 채 한참을 가다 보니 예상치 않던 산길을 만났다. 목적지에 다 도달했다고 생각했는데 생각하던 건물이 없었다. 약속 시각이 다가오니 마음이 더 급해졌다. 그때 번뜻 떠오른 게 있었다. '아~' 마음을 가라앉히고 기계를 켰다. 현재 내가 서 있는 위치로부터 안내해 주므로 뿌연 안개가 걷히는 것과 같이 목적지가 선명하게 보이니 반가웠다.

반면 기계에 의지하다 보니 바람직하지 않은 문제가 생긴다. 동서남북 위치 감각이 없어지는 방향치와 길치가 되는 것이 사실이다. 안내자의 음성을 들으며 목적지에 가까이 왔는데도 주변을 빙글빙글 돌 때가 있다. 내가 가고자 하는 목표에 대한 자율성이 없이 수동적으로 되는 셈이다. 내 삶을 운전하는 주체가 방향도 모르는 채 길을 떠나는 것과 같으니 생각할 여지를 많이 준다.

멕시코의 외떨어진 선교지를 찾아가던 때였다. 처음 가는 낯선 곳이므로 차에 부착된 길안내기에 의존해 프리웨이를 달렸다. 예정된 시간 안에 도착할 수 있으리라 기대하며. 그런데 미국의 국경선을 넘자마자 인터넷이 작동하지 않고 멈추는 것이 아닌가. 망망한 사막 길에서 안내자가 없어진 셈이니 당황스러웠다. 미처 생각지 못한 사고였다. 내가 살아가는 인생길도 마찬가지로 예상치 못한 실수와 실패로 인해 좌절하곤 한다.

오늘도 처음이자 한 번뿐인 길을 간다. 올바르고 정확한 길을 찾기 위해 고민한다. 차를 운전하며 내비게이션이 지시하는 대로 길을 가듯이 내 삶을 움직이는 내비게이션은 무엇인지를 생각한다. 목적지와 방향을 제시하는 신뢰할 수 있는 길잡이가 답일 것이다. 인생의 여정에서 내가 왜 이 세상에 존재하는지를 점검하고 그 목적을 발견하여 열정적으로 그것을 추구하여 성숙에까지 이른다.

하나님의 영광을 위해 창조되어 그분을 섬기고 사명을 다한다는 목적이 내 삶을 이끌어 간다. 곧 내비게이션을 의미할 터이다.

막힌 하수구와 마음속 응어리

물이 거꾸로 올라온다. 우리 학교 건물에 발생한 사고다. 물은 위에서 아래로 흐르는 이치인데 하수구가 왜 막혔을까? 수돗물을 잠그며 기다린다. 시간이 지난 후 조심스레 손잡이를 눌러본다. 이번엔 화장실 변기의 물이 내려가질 않는다. 그 물이 변기 위로 넘쳐 바닥으로 흘러내린다. 순발력을 동원해 밸브를 잠근다. 어, 옆 화장실에서도 물이 흐른다. 바깥 메인 배수관에서도 물이 위로 치솟는다. 더러운 변기와 시궁창의 고약한 냄새를 풍기며 흘러나온다. 순식간에 벌어진 일에 아연실색한다.

변기가 많은 건물 관리의 애로사항이다. 원장이 사소한 배관(plumbing) 문제는 손을 볼 줄 알아야 하는 이유이다. 화장실에 앉아 두루마리 휴지를 술술 풀며 신나게 노는 아이가 있다. 자기가 가지고 놀던 장난감을 변기통에 집어넣는 경우도 종종 있다. 때로는 아이의 변비에 의해 유아용 변기의 좁은 통로가 막히기도 한다. 오랜 세월 동안 어린이와 생활하면서 배수관 문제로 겪는 경우의 예다. 놀랍지도 않은 빈번한 사건이지만 그때마다 마음이 불편하다.

대걸레로 닦아내며 어린이가 미끄러지지 않도록 말리며 통행을 차단한다. 전화를 걸어 배관공을 부른다. 내시경 역할을 하는 배수구 뚫는 기계를 가져와 열심히 돌린다. 끝에 드릴이 붙어 있는 '오거 와이어(Auger Wire)' 배수 관통기이다. 배수관 속을 지나가며 걸리는 방해물을 잘라내며 뚫어주는 최신 장비이다. 70피트(feet) 길이까지 들어갔는데 아직 찾지 못했다고 한다. 오랜 시간 동안 수고했지만, 성과가 없다. 배관공은 더 큰 회사의 기계가 필요하다며 포기하고 간다. 오늘 과연 퇴근할 수 있을지 염려스럽다. 상업용 배관 회사에 긴급상황이라고 전화한다. 다행히 급한 소리를 한 덕분인지 1시간 후에 도착한다. 나는 제일 먼저 길이가 얼마인지를 묻는다. 200피트 길이의 기계라 하니 충분하리라. 내심 안도의 숨을 쉬며 믿어본다.

30분 후에 배관 속이 시원하게 뻥 뚫린다. 150피트 거리에서 나무뿌리가 걸려 나온다. 굵고 가느다란 뿌리가 관통기에 엉겨 붙어서 올라온다. 이 동네가 옛날에 오렌지 농장이었다는 사실을 알게 된다. 물을 섭취하기 위해 뿌리를 멀리 뻗는 생존력이 감탄스럽지만, 큰 나무가 있어 어려움을 겪는 다른 면이다.

세계를 놀라게 한 영화 「기생충」은 아카데미 시상식에서 최고상인 작품상을 포함해 4관왕으로 한국 영화의 위상을 떨친다. 자본주의 사회에서 전혀 다른 형태로 살아가는 두 집단이 있다. 영화 속에서 빈부의 대조적인 상징을 여러 소재로 의미를 전달해준다. 특히 빈곤층의 실상을 지하에 사는 가정집의 비 피해와 물난리로 보여준다. 아래 계단을 밟고 내려가니 변기에 흙탕물이 솟구친다. 그 모습을 보며 역겹게 생각하지 않았던가. 가족 사기단의 최후의 벌로 연출된 장면이 강렬하게 뇌리에 남아 있다.

사후 처리가 걱정되어 잠을 설친다. 아침에 출근하자마자 클로락스(Clorox) 한 통을 다 쏟아 부어 소독해도 개운치 않다. 방법을 궁리한 후, 바깥 운동장의 매트를 다 걷어내고 호스를 연결해 바닥부터 대청소한다. 검은 물이 말갛게 변하니 마음이 놓인다. 추운 날씨에 겉옷을 벗어젖히고 땀을 흘린다. 더러운 물과의 씨름이 끝난다. 배수관이 시원하게 뚫린다.

　불현듯 '내 마음속도 막힘없이 뚫려 있나?'라는 생각이 든다. 염려와 걱정으로 꽉 막혀 있는 부분도 있을 것이다. 응어리져 막혀 있는 관계가 있지 않을까? 오염된 생각도 자리 잡고 있을 테다. 누군가는 몸 밖으로 나오는 것보다 안에 있는 것이 더 더럽다고 했다. 강력한 힘으로 관통시키고 소독물로 씻어 주어야겠다. 시원하게 마음이 뚫리도록.

연결의 소리

'으앙!' 울음소리가 공기를 흔든다. 한 생명이 세상에 자신의 존재를 알리며 터지는 소리다. 손자가 태어나는 날에 나는 딸을 걱정하며 병실 안을 안절부절못하고 서성였다. 의사와 간호사는 아기의 숨 쉬기를 확인한 후 바쁘게 가위로 아기의 탯줄을 자른다. 탯줄은 잉태한 생명체가 태반에서 성장할 수 있도록 엄마와 아기의 배를 연결했던 줄인 것을. 영양분을 공급받던 아기의 가느다란 통로가 엄마의 몸으로부터 독립하는 날이다. 이제 그 길을 통하지 않고 스스로 영양을 섭취해야 한다. 연결의 중요성을 느끼게 하는 탄생의 비밀이다. 대견하고 애틋한 마음으로 손자를 가슴에 안았다.

딸은 대학교 1학년 때 기숙사에서 사위를 만났다. 대가족과 함께 살던 딸이 처음 집을 떠나 외로워하며 타인종과 교우관계를 유지하기 위해 친구를 사귀었나 보다. 그 후 서로를 진정으로 알아가는 것이 연결의 과정이 되었다. 기본적인 인적사항을 공유하고 자신이 걸어온 길, 음식, 성격, 습성, 가정환경 등을 알아가며 상대방을 이해하기 시작했다. 전체적인 그림이 그려질 때 비로소 둘은 하나로 연결되어 새로운 가정을 이루었다. 그 울타리에서 내가 어머니에게 받았던 사랑이 딸에게 또 손주로 내려가 맺어진 것임을.

어느 날 중학교 2학년 외국 소녀가 우리 센터를 방문하여 한국어를 배우고 싶다고 했다. 왜 배우고 싶으냐고 물으니 K-Pop의 엑소, 빅뱅, 방탄소년단의 노래를 부르고 싶어서라고 했다. 과거엔 상상할 수 없던 일이 아닌가. K-Pop의 인기가 어떻게 세계를 휩쓸 수 있었는지 자못 궁금했다. 한국에서도 알려지지 않았던 이름도 생소한 아이돌이 어떻게? 나는 호기심이 발동하여 그 그룹을 인터넷에서 찾아보았다. 방탄소년단은 유튜브, 페이스북을 타고 빌보드 차트에 1위에 올랐다고 한다. 누가 한국 예능의 역사를 새롭게 쓸 줄 알았으랴. 온라인 매체를 통해 타 문화권 소녀와 연결된 것임을 알았다.

나는 외국 학생에게 한글을 쉽게 가르치기 위한 교재와 교수 방법을 궁리했다. 한글이 만들어진 목적과 원리에 관해 이야기하고 '가, 나, 다, 라'부터 소개했다. 마지막 단계에서 방탄소년단의 노래 가사를 찾아 읽게 했는데 그녀에게 친밀한 접근을 시도하기 위해서였다. '이 세상이 뭐라건 넌 내게 최고. 너 그대로. 누가 뭐래도 넌 괜찮아. 21세기 소녀들아 넌 충분히 아름다워.' 노래 가사 내용은 10대가 거부감 없이 수용하여 자존감을 느낄 수 있도록 했다. 공감할 수 있는 메시지가 팬들에게 전달되어 사랑받는 이유라는 걸 알았다.

방탄소년단은 한국 가수로서 유엔에서 처음으로 연설했다. '진정한 사랑은 자신을 사랑하는 것, 내 몸의 목소리를 들어보자. 실수하고 단점이 있지만 제 모습을 그대로 유지하며 자기의 목소리를 내라.' 이 감동의 메시지는 세계의 젊은이들을 하나로 이어준 것이다. 그들은 개성과 보편성을 가진 채 트위터를 통해 끊임없이 해외 팬들과 소통하며 맺어지는 관계를 유지하려 했다. 전 세계를 관통하며 연결하는 예술 문화적 현상이 되었다. 나이, 지역, 성별, 인종에 따른 어떤 차별도 없이 아티스트를 매개로 모여 오랜 친구처럼 대화하고 공감하다니 놀랍다.

　나도 SNS를 통해 글을 나누고 공감하며 의사를 소통한다. 댓글을 통해 독자의 마음을 읽고 내 사고의 범위를 넓힐 수 있다. 읽고 쓰는 주체와 관점의 스타일을 알게 해 준다고 할까. 정보를 공유하며 사회적 관계망을 만들고 유지하고 있다. 네트워크가 그들과 가까이 접하는 긴요한 연결체가 된다. 또한, 친밀감을 높여주고 갈등 해결을 위한 실마리를 제공한다. 연결은 서로 이어져 맺게 하여 각기 다른 상황에서 공감대를 형성하고 작가와 독자는 하나가 된다.

　연결이라는 의미 속에 가족, 친구, 사회, 모든 인종이 보편화되는 고리가 만들어지길 바란다. 디지털시대, 영상산업 시대, 생명공학 시대로 일컬어지는 이 21세기에서 미움으로 분열되고, 사상으로 나뉘고, 물질의 소유로 계급화되는 현상을 무엇으로 연결하면 하나가 될 수 있을까.

한류 호미(K-Homi)

　　코로나 팬데믹으로 학교 문을 닫은 채 내일을 기약할 수 없는 시간도 보냈다. 수입도 없이 학교를 운영해야 하는 경제적인 어려움이 컸지만, 무엇보다 아무 대책 없이 막연하게 기다려야 하는 상황이 나를 더 힘들게 했다. 뿌옇고 형태를 알 수 없는 미로 속을 지나가는 것 같았다. 마음의 혼돈을 탈출하기 위해 뭔가를 하고 싶었다. 궁리 끝에 마당 구석의 쓸모없는 잔디밭을 텃밭으로 바꾸어 보자는 생각을 했다. 몸을 쓰는 단순 노동. 땀을 흘리는 수고를 통해 정신적 생산의 가치를 찾고 싶었다. 해야 할 일이 많지만 조급해하지 말고 하나씩 이루어 가기로 했다. 나는 창고로 향해 첫걸음을 떼었다.

　　오랜만에 햇빛을 보는 연장을 나열해 놓고 용도를 살펴보았다. 제일 먼저 우직하면서 널찍한 날을 가진 삽에 눈길이 갔다. 삽은 누구나 사용하여 인기가 많고 넓거나 좁은 구덩이를 파는 데 최고다. 나는 화분 갈이를 할 때 손 삽을 즐겨 쓰지만, 땅을 찍어서 파고 흙을 고를 때는 괭이를 사용한다. 나뭇잎이나 작은 돌멩이를 긁어모을 때는 마치 손가락을 좌악 벌린 것처럼 끝이 갈라진 갈퀴를 쓴다. 말할 나위 없이 뜰을 청소할 땐 부챗살 같은 갈퀴를 선택한다. 모두 자신의 역할을 다하는 일등 공신 농기구다.

그 여러 연장 가운데에서 'ㄱ' 자 모양의 호미에 마음이 끌렸다. 나 같이 근력이 약한 여성에게 어울리는 연장이기 때문이다. 날, 슴베, 자루로 구성된 모습이 매력적이다. 목 부분은 곡선으로 구부러져 섬세하게 꺾인 각도가 가냘프지만 강인한 여인을 연상케 한다. 슴베는 날과 목을 나무 손잡이 자루에 연결한다. 호미를 존재케 하는 중요한 부분이다. 날은 땅을 파거나 풀을 뽑는 데 좋다. 비대칭 삼각형의 삽날은 쇠의 거친 맛으로 좁고 길게 팔 수 있다. 잡초를 제거하는 데 제격이다. 예리하게 불청객을 뽑아내는 모습이 내 마음을 사로잡는다.

맡은 바를 충실히 수행하는 연장이 곁에 있기에 밭으로 향하는 내 발걸음은 힘찼다. 마침 비가 내린 덕분에 땅이 부드러워 작업이 수월했다. 생존력이 강한 잔디를 두 차례 뒤집어엎었다. 남편이 삽으로 파서 엎으면 나는 괭이로 흙덩어리를 부수고, 호미로 잔디와 잡초를 골라 뽑았다. 튼튼하게 뿌리를 내려 번성하는 잡초의 근성에 진저리가 날 정도이다. 나도 마음속에 자리 잡으려 하는 걱정의 근원을 송두리째 제거해주는 호미 한 자루가 필요하다. 그것은 부정적인 요소가 자리를 잡지 못하도록 마음 밭을 곱게 다져 옥토로 만드는 소중한 도구가 된다.

호미는 가볍고 손 안에 꼬옥 잡히니 어느 곳에든 사용하기 쉽다. 여성에게 안성맞춤인 도구다. 슬기로운 시집살이를 위한 효녀 품목이 아니었을까? 미국의 한국마켓에서 호미를 처음 보았을 때 보물을 발견한 듯 기뻤다. 구매해 온 호미는 내가 정원에서 가장 즐겨 사용하는 연장이 되었다. 조상의 지혜가 담긴 한국 고유의 소형 다목적 농기구이기 때문이다.

기계 산업이 발달한 요즈음에도 호미는 소규모 대장간에서 화덕에서 가열 후 망치로 두들겨 손으로 제작한다. 용광로에서 녹이고 장인의 손길로 태어나는 예술품 같은 느낌마저 든다. 기계로 복사하지 못하기에 가격이 비싸지만, 온라인 쇼핑몰 아마존에서 불티나게 팔린다고 한다. 호미 손잡이에 한글로 '영주 대장간'이라는 문구가 새겨진 채. 경북 영주에서 석 대표는 장인 정신으로 인체공학적인 우수한 농기구를 수작업을 통해 만들어 낸다는 것이다. 외국인에게 잘 팔리는 '활용성이 높은 원예용품 톱10'에 들었다는 기사를 보며 가슴이 뿌듯했다.

빌보드 신기록을 낸 방탄소년단 노래 가사에 '호미'가 등장한다. '나에겐 호미가 있어. 들어는 봤니? 한국에서 온 철로 만든 것인데 최고야! 내 호미로 옥수수도 캐고 너희 뒷마당 돈도 다 캐낼 거야.'

농기구인 호미는 가까운 친구라는 뜻의 '호미(homie, homey)'를 떠올리게 해 더욱 호평을 받았다. 그뿐만 아니라 인터넷에 호미 사진까지 올라와 글로벌 농기구로 발돋움했다. 세계가 인정하는 연장이 된 것이다. '한류 호미'가 드디어 'K Homi'가 되었다. 전통을 중요시하며 한국인의 인내와 끈기로 생존해 세계적인 농기구로 거듭난 호미에 찬사를 보낸다. 오늘도 나는 호미를 들고 텃밭으로 향한다.

백신 맞는 날

경쾌한 목소리가 전화기에서 들려왔다. "나, 지금 코로나 백신을 맞고 왔어." 건강하고 행동이 민첩한 50년 지기 친구다. 정보를 알려 주는 그녀의 소식이 고마웠지만 한편 두려운 마음이 앞섰다.

코로나바이러스 발생 이후로 외출하지 못했다. 음식도 딸이 주문 배달해 주었다. 사람과 대면하지 않는 것이 최선책이라 생각했다. 이런 상황에서 벗어날 수 있는 길이 열렸는데도 머뭇거렸다. 부작용 때문에 접종을 거부하는 사람이 있다고 들었기 때문이다. 게다가 나는 자가면역 질환을 앓고 있어 면역 저하 약을 먹는 처지가 아닌가.

접종에 대해 주치의와 전화로 상담했다. "현재 미국에서 사용되는 화이자나 모더나 백신은 살아있는 백신이 아니고, 'mRNA'라 하며 몸에 아주 작은 양의 코로나바이러스 단백질을 만들도록 자극하여 항체를 만듭니다. 빨리 개발된 탓에 부작용에 대한 염려가 있지만, 임상시험이란 신중한 최종 관문을 거쳤습니다."라는 설명에 용기를 내어 전화기에 'Othena' 어플리케이션을 깔고 신청을 시도했다.

망설이는 동안 골든타임을 놓친 탓일까? 예약이 힘들었다. 새벽부터 밤까지 여러 차례 들어갔지만, 여전히 기다리라는 문구가 떴다.

신문에 '백신 대란'이라는 타이틀이 보였다. 백신 공급 물량이 턱없이 부족한 탓이라고 했다. 2차까지 이뤄지려면 까마득했다. 시간이 날 때마다 이메일을 열어보며 기다리던 어느 날 예약이 가능하니 스케줄을 잡으라는 메일이 왔다. 반가운 마음에 부리나케 예약했다. 장소가 Aliso Viejo Soka University였다. 차례가 왔다는 기쁨 뒤에 염려의 그림자가 드리워졌다. 죽은 사람도 있다는데 괜찮을까? 면역력이 없는 나로서 생존하고 싶은 솔직한 반응이다.

어릴 적 맞던 예방주사가 떠올랐다. 그땐 주삿바늘이 엄청나게 크게 보였다. 예방주사 접종은 홍역, 소아마비에 이어 해마다 콜레라, 장티푸스 등 전염병을 막기 위한 학교 행사였다. 옷을 팔뚝 위로 올리고 줄을 서서 기다릴 때의 긴장과 두려움을 잊지 못한다. 소리도 지르지 못하고 눈을 찔끔 감을 수밖에 없었던 시간이 주마등처럼 스친다. 어린 딸을 키우며 예방접종의 필요성을 피부로 느꼈다. 수두의 예방주사가 개발되기 전이였기에 딸의 얼굴에 상처가 남을까 노심초사했지만 몇 개의 흔적이 남는 걸 막을 수는 없었다. 예방주사의 고마움을 모르는 딸은 주사기를 든 간호사가 무서워 흰 가운을 입은 사람만 보면 큰 소리로 자지러지게 울었다. 그 딸의 예방접종 카드를 중요한 이민 서류로 챙겨 왔다. 지금도 예방접종 카드는 어린이가 학교에 입학할 때 갖추어야 할 필수 서류이다. 접종 카드가 마치 건강 보증서 같은 역할을 한다. 그만큼 면역력을 기르기 위한 백신은 우리 삶의 중요한 요소가 되었다.

당일 아침 일찍 딸이 동행해줬고, 손자도 할머니의 안전한 백신 접종을 위해 기도했다고 했다. Aliso Canyon 산자락에 위치한 널찍한 캠퍼스를 향하는 길은 한산했다. 산속으로 길을 잘못 들었나? 생각하는 사이에 긴 줄을 이룬 차량이 눈에 띄었다. 줄을 서서 신원 확인을 마치고 빙글빙글 돌며 강당에 도착했다. 질서 있게 진행되는 시스템에 마음이 한결 가벼워졌다. 화이자 코로나 백신 접종을 했다. 2차 접종 또한 3주 후 같은 시간으로 예약했다. 부작용 점검을 위해 15분간 대기한 후 안심하며 발걸음을 집으로 향했다. 밖으로 나와 하늘 높이 치솟는 분수를 보니 마음이 시원해졌다. 안개가 걷힌 캐년의 등선이 푸른빛을 더해줬다. 팔이 뻐근하고 몸이 추운 증세가 나흘 동안 계속되다 사라졌다. 진통제는 면역 형성을 방해한다고 하니 아파도 참고 견뎌야 했다. 내 안에 웅크리고 있는 약한 마음을 토닥였다.

2차 접종 날짜가 10일 뒤로 연기됐다. 그 사이에 항체 생성 여부를 조사해 보았다. 항체가 생성되지 않았다. 복용하는 약 때문이니 꼭 2차 백신을 접종하라고 의사가 당부했다. 기대가 무너졌지만 실망스러운 마음을 추슬렀다. 기다린 끝에 드디어 2차 접종까지 마쳤다. 이제 가족과 이웃에게 폐 끼칠 염려가 없으니 홀가분하다. 집단면역을 위해 나도 한몫했다고 할까?

백신은 선물이다. 코로나 백신이 개발되기를 얼마나 기다렸던가. 온 세계를 옭아매는 죽음의 사슬에서 벗어날 수 있는 유일한 방법임이 틀림없다. 면역을 기른다는 미생물에 대한 자기방어라는 정의 이상의 넓은 의미를 생각해 본다. 잘 살고, 잘 늙어가기 위해 노년기 건강 관리가 필요하다. 건강이란 신체에만 해당하는 것은 아니다. 명상과 유산소 운동으로 긴장을 완화해 주고, 즐거운 취미 활동으로 우울, 불안감을 방지하는 마음의 면역도 필요하다. 면역으로 다져 세상의 바이러스와 대결하길 원한다. 더불어 정신과 마음의 면역력을 어떻게 기를까도 생각하는 날이다.

4

흐르는 강물처럼

팔레트(Palette) 위의 열정

해마다 어린이와 함께 작품전시회를 준비한다. 그들은 서투른 고사리 손놀림으로 작품을 만들어 낸다. 자신만의 빛깔을 뽐내며 자태를 선보인다. 비뚤어진 눈, 코, 입에도 각자의 개성이 숨겨져 있다고 할까. 짜인 틀이 아닌 백지 위에 제멋대로 그리는 것을 아이는 더 좋아한다. 긋는 선 하나만으로 다른 형태의 사물 모양을 그려낸다, 같은 그림은 없다. 아이는 새롭고 독특한 생각을 표현하기에 나는 그들 자신만이 가지고 있는 창의력을 엿본다.

창의력은 더 나은 삶을 위해 요구되는 인간의 능력으로 새로운 무언가를 만드는 힘을 말한다. 이미지를 새롭게 연결하여 그림으로 표현하는 과정에서 형성된다. 이 또한 훈련을 통해 키워갈 수 있기에 나는 프리스쿨 교육목표에 포함한다.

어린이는 자신이 좋아하는 색을 고른다. 작은 손으로 크레파스를 쥐고 흰 종이 위에 문지른다. 밑그림 위에 색채를 덧입혀 생각을 그림으로 완성한다. 다채로운 색깔 중 자기만의 색을 선택하여 붓에 바르기도 한다. 붓 길이 닿는 곳에 서로 다른 색 물감이 묻어 어울린다. 이처럼 우리 또한 자신의 고유한 색을 발하며 살아간다. 그 색이 모이는 곳, 팔레트는 물감을 짜 놓은 판이다. 빨강, 파랑, 노란색이 판 위에 놓인다. 독특한 자신의 색을 가지고 있어 독창적인 성격을 내기에 충분하다. 더 나아가 원색이 합하고 섞여져 이차원의 색조를 창출한다. 무한히 솟구치는 창조의 샘일까? 자신이 원하는 색을 산출하기 위해 화가는 끊임없이 시도한다. 열정을 다해 덧칠하고 긁어내기도 한다.

인생도 팔레트 위에서 섞여진 조합이라 여겨진다. 모든 자연에는 조화로운 빛깔이 있다. 어릴 적 부르던 동요가 생각난다. '우리들 마음에 빛이 있다면 여름엔 파랄 거여요. 파아란 하늘 보고 자라니까요 ……. 겨울엔 하얄 거여요. 깨끗한 마음으로 자라니까요.'

기쁠 땐 노랑, 슬플 땐 푸른색, 소망이 넘칠 땐 초록빛으로 물든다. 봄에 꽃이 피면 분홍빛, 새싹이 트면 연두색, 짙푸른 녹색으로 젊은 활기가 돋보인다. 결실되면 주황빛으로, 나이 들어 가을의 계절이 되면 갈색으로 칠한다. 역경 속에서 비가 오고 바람이 불면 회색빛으로 휘몰아친다. 빛이 사라져 검은 암흑으로 절망과 두려움을 주는 시절도 있다. 추운 마지막 계절엔 하얀색으로 뒤덮인다. 빈손으로 돌아가듯이. 나도 예외 없이 많은 색을 만들며 인생 계곡을 지나간다.

게다가 빨강과 파랑 두 색이 합쳐 예상치 못한 보랏빛 꿈을 연출하기도 한다. 우리 내외가 만나 가정을 이루었을 때 무지개가 뜬 것처럼. 가정에 자녀는 일곱 색으로 구성된다. 두 딸은 각자의 색을 가진 채 조화되어 살아간다. 큰애는 배려심 많게, 둘째는 막내답게 창의적으로 도전하며 무지개를 그린다. 무지개가 비가 온 후 태양을 등지고 물방울 입자가 굴절되어 빛을 발하듯이 부모의 사랑을 배경으로 개성 있는 삶을 아름답게 살아간다.

언제였던가, 넋을 놓고 쳐다보았던 데스밸리의 아티스트 팔레트

(Artist Palette)가 뿜어내던 색조가 보이는 듯하다. 언덕마다 저마다 다른 고유한 빛을 품고 있었다. 나무가 자라지 않는 산에서 각기 다른 광물질이 산화에 의해 만들어진 색조가 햇빛의 각도에 따라 다르게 발산되었다. 환상적인 색조를 품고 있는 계곡을 운전해 지나갔다. 화산활동과 침전물로 만들어진 여러 색깔의 언덕으로 인하여 감탄을 자아냈다. 시간마다 색깔은 변했다. 산등선 굴곡에 숨겨진 신비로운 색채에 삐져 예술가의 팔레트를 연상했다. 무한한 색의 변화와 가능성이 숨어 있던 그곳을 인생의 여정에 비유하고 싶다.

살면서 소나기를 만나기도 한다. 갑작스러운 일에 대처할 겨를도 없이 빗방울에 몸을 적신다. 어려움을 몸으로 맞으며 담담히 지나간다. 소나기가 그친 후 아름다운 하늘다리가 펼쳐진다. 고난을 이겨낸 찬란한 환희다. 창조주가 노아 시대에 언약을 세워 생명을 약속하셨던 무지개를 마음속에 품어 본다. 약속을 이루기 위한 나의 빛을 만들기 위해 애쓴다. 빛의 세상을 바라볼 수 있다면 창조주와 피조물이 하나가 되어 그 뜻 속에서 살아갈 수 있지 않을까.

오늘도 팔레트 위에서 나의 색채를 만들어 간다. 열정적으로.

햇살 좋은 가을을 떠나보내며

수확이 끝난 늦은 가을이다. 이른 아침 우리 내외는 오크 글랜Oak Glen 사과 과수원 산기슭으로 오른다. 한철에는 자녀의 손을 잡고 사과를 따는 체험을 하기 위해 많은 가족이 찾아오는데 그들의 발길이 끊기고 주변이 한산하다. 사과파이, 도넛, 사이다의 맛을 즐기던 분주한 시절이 지나갔나 보다. 바쁜 일상 탓으로 수확의 절정기를 놓친 양. 따다 남은 사과 알갱이가 군데군데 매달려 찬바람 속에 떨고 있는 듯 쓸쓸함을 더해준다. 서리 맞은 사과에 더 깊은 맛이 든다고 누가 말했던가.

구름이 내려앉은 높은 산의 풍광은 고즈넉하다. 걷히는 구름 속에 고운 색이 살포시 모습을 드러낸다. 캘리포니아의 따뜻한 날씨 탓에 늦었지만, 여전히 단풍빛을 유지하고 있어 먼 길을 달려온 보람이 있다. 참나무(Oak) 단풍잎은 노란빛으로, 단풍나무(Maple)는 붉은 기운으로 가득 채운다. 숨겨진 과수원을 둘러싼 진풍경은 가을을 숨쉬기에 충분하다. 늦가을에 걸맞은 여유다. 하이킹 코스로 접어든다. 낙엽이 쌓인 길은 푹신한 감촉으로 우리를 반겨준다. 구름 위를 걸어가듯 가볍게 발을 내딛다가 무엇인가 발에 부딪힌다. 나무 아래 덥수

룩한 밤송이를 발견하고 반가워한다. 가시 껍질 속에 파묻힌 밤 알갱이를 신기롭게 바라본다. 눈길이 닿는 곳에 밤 형제가 숨어 있는 게 아닌가. 두껍고 딱딱한 껍질 안에 그 부드러운 밤의 맛을 품고 있다니 놀랍다.

다음 주에 비가 온다는 일기예보다. 가을비가 오기 전, 보내야 하는 가을에 흠뻑 젖어 걷는다. 과수원 길에 꽉 찬 고운 색채는 떠나는 가을의 쓸쓸한 뒷모습을 대신해 준다. 바람결에 흩어지는 머리카락 뒤로 내 그림자가 짧아진다. 스웨터로 시린 어깨를 가려본다. 겨울비에 후두둑 떨어질 나뭇잎들이 아련하게 다가온다. 떨어지는 이파리를 두 손으로 받아보며 세상을 향한 무게를 가슴으로 느껴보리라.

바람결에 나부시 손짓하는 어머니, 동생, 친구의 모습이 보인다. 그리움이 나를 흔든다. 목소리가 들려 오는 듯. 떠나는 가을 자락을 잡으려 햇볕 따스했던 가을날을 회상한다.

햇살 좋은 가을날 (동시)

햇살의 손길에 영근 사과들이/ 빨갛게 익은 얼굴로 / 주렁주렁 매달려 웃고 있다
주황빛으로 덧칠한 늙은 호박은/그윽한 국화 향기에/ 온 얼굴에 굵직한 웃음 주름을 접는다
아기는 코스모스 줄기를/ 잡을락말락 손을 내밀며 다가오는데
코스모스는 아기의 걸음마가 걱정되어 / 살랑살랑 내려다본다
가을볕에 빨갛게 익은 잠자리들이/ 여유로운 날갯짓으로 하늘을 난다
가을을 걷는 아이가 하늘을 쳐다본다/ 이젠 하늘만큼 키를 키우고

싶어서인가 봐

가는 계절을 어찌 잡을 수 있으랴. 떠나는 가을의 뒷모습을 보며 찬란했던 젊은 날을 돌이켜 본다. 잠자리채 흔들며 따라가던 아이의 소망이 있었다. 흔들리는 코스모스 연한 잎을 보며 사색에 빠졌던 여고 시절을 지났다. 붉은 사과처럼 영글어 일의 성취를 이루고 싶었던 젊은 날이 있었다.

가을걷이가 끝난 호박밭은 텅 비어 있다. 여기저기 남겨진 호박이 뒹군다. 햇볕에 그을린 누런 모습이 할머니의 미소를 닮았다. 누렇게 성숙한 모습이 들판의 허전함을 달래준다. 주름진 손으로 부지런히 추수한 땀이 묻어 있다. 이젠 색이 바랜 늙은 호박이지만 그 속에 그윽한 인생의 맛이 녹아 있다.

여름철 군무를 이루던 해바라기의 노란 물결이 시들어 사라졌다. 키가 큰 해바라기 한 줄기가 오롯이 태양을 향해 들녘을 지킬 뿐이다. 대견하기까지 하다. 해를 바라던 열정이 검게 타 갈색으로 변했다 할지라도 씨앗을 품고 있는 나를 본다. 늦가을의 정취는 노년의 완숙미가 아닐까. 변하는 계절 속에서 창조주의 섭리를 읽으며 의미를 고스란히 전해 받는다. 내가 인생의 늦가을에 있기 때문이다.

모두 다 돌아가는 계절. 스산한 바람에 돌려줄 것은 돌려주고, 보낼 것은 홀가분히 떠나보내리라. 용서와 감사로 서운해하지 말자. 잎 벗은 나무는 가벼울 테고 빈 숲의 흙은 숨을 고르리니. 내 빈 삶에 흙이 고여 새싹이 돋으리다.

여행길에서 만난 다리

고국 방문길에 올랐다. 설레는 마음을 안고 차창을 내다보니 강이 흐른다. 서울이 조선시대 한양으로부터 최대 도시가 된 중심엔 한강이 있다. 민족의 젖줄인 한강 물결이 지나온 세월을 말하는 듯하다. 한강을 가로지르는 다리를 건넌다. 군데군데 놓인 다리가 무려 서른한 개라고 한다. 한국전쟁 시 폭격을 맞아 끊겼던 아픔을 이겨내어 '한강의 기적'을 이룬 다리다. 남과 북을 잇는 다리가 자태를 뽐내며 반겨준다. 다리 위를 이어주는 아치의 고운 곡선은 강물의 흐름을 부드럽게 해준다. 내 마음도 흐르는 강물 따라 추억 속으로 흘러 들어간다.

다리는 친구와 이야기를 나누던 장소였다. 지금은 양화대교라고 불리는 제2한강교 다리를 걷곤 했다. 양화도 절두산 순교지 계단에 앉아 앞날의 포부를 나누며 고민을 나누었다. 대학 시절 휴강으로 시간 여유가 생기면 뚝섬에 갔다. 우리는 나루터에서 배를 타고 강을 건넜다. 개발되지 않았던 뽕나무밭 속의 봉은사를 찾아 명상의 시간을 갖기도 했다. 그 후 설치되어 화려한 신도시를 탄생시킨 영동대교는 내 기억을 과거 속으로 연결해 주었다.

긴 강줄기만큼이나 오랜 시간을 외국에서 살았다. 지리적 간격처럼 마음의 거리도 멀어져 있었는지를 생각했다. 한강은 계속 흐르고 있었음을 실감하며. 강 주변에 조성된 공원, 분수, 조명을 뿜어내는 멋진 야경은 나의 마음을 사로잡았다. '어제의 당신에게 지지 마세요.'라고 적힌 다리의 글귀가 눈에 띈다. 의아해하는 나에게 자살 예방 글귀라고 운전기사가 설명했다. 발전한 모습 뒤에 슬픈 이야기가 숨어 있는 것일까? 경제, 생활 수준과 행복 지수는 별개의 것이라는 생각 속에 다리는 또 다른 의미로 다가왔다. 강남과 강북을 연결하는 모든 다리가 '생명의 다리'로 거듭나길 바라며 시내로 접어들었다.

'마음을 이어주는 기찻길'은 최고속도로 전국을 하루 생활권에 넣었다. 달리는 KTX에 몸을 싣고 부산역에 도착했다. 대합실 유리창을 통하여 푸른 바다 위로 걸쳐진 다리를 보았다. 가슴이 두근거렸다. 몇 년 만인가? 40년 만에 찾은 부산이다. 시간과 일정에 구애받지 않고 안내자 없이 시내버스를 타고 부산의 명소를 찾아다녔다. 용두산 공원에 오르니 우뚝 선 전망대를 맴도는 시원한 바닷바람이 마음을 열어주었다. 발아래 펼쳐진 바다는 어제와 오늘을 하나로 묶어주는 듯했다. 녹음이 우거진 꽃 담길을 걸어 내려와 광복동에 즐비한 상가에 들어섰다. 진열된 외국 상품들을 보며 경이로웠다. 반면 공존하는 재래시장의 다양한 물건들을 기웃거리며 눈이 즐거웠다. 국제시장의 정겨움을 뒤로 하고 바다로 향했다. 영도다리 앞에 발길이 멈췄다. 어린 시절에는 번쩍 들려진 다리 아래로 배가 지나는 모습을 보며 신기해했다. 친구들과 "나는 영도다. 영도가 자라서 … 12시가 되었네" 노래를 부르며 고무줄놀이를 했다. 먼 기억 속의 멜로디를 흥얼거리며 다리가 올라가길 기다렸다. 영도다리는 추억 속으로 나를 데려가 주었다. 다리는 사람과 배를 흘려보냈다.

해운대로 향했다. 길을 묻는 나에게 "비 오는데 와 해수욕장을 가노?" 지나가는 아줌마가 퉁명스럽게 말했다. 구름 낀 바다 위로 광안대교가 은은하게 모습을 나타냈다. 길게 뻗친 다리를 바라보며 비가 내리는 모래사장을 걸었다. 고즈넉한 분위기에 휩싸여 밟는 모래 결이 부드러웠다. 광안대교는 부산의 중심인 서면과 해운대를 잇는 2층 구조의 최대 해상 복층 교량으로 Diamond Bridge로 불렸다.

친구를 만났다. 미국에서 20년 살다 귀향한 오랜 동무다. 우리는 유리창으로 싸인 찻집에 앉아 소나무 가지 사이에 떠 있는 오륙도를 바라보았다. 푸른 정취를 가슴 속 깊이 담았다. 절벽에 부서지는 파도를 품은 바다의 매력에 빠졌다. 바다는 넓은 품에 나를 힘껏 안아 주었다. 멀리 보이는 섬조차 외로워 보이지 않았다. 내 마음이 다리가 되어 섬에 닿았기 때문이리라.

빗방울이 창을 흘러내리며 우리 속내를 두드렸다. 창가에 앉아 그녀가 역이민하여 고국 적응에서 겪은 어려움을 나누었다. 이야기는 빗방울 되어 그칠 줄 몰랐다. '어쩌니!' 시계를 보며 놀랐다. 서울로 돌아가는 기차 시간에 늦은 것을 알고 당황했다. 그녀의 빠른 판단과 대응으로 택시를 타고 광안대교와 고가도로를 달렸다. 가장 빠른 길이라고 했다. 기차 출발 직전에 부산역에 아슬아슬하게 도착했다. 좌석에 앉으며 바로 그 다리를 이용했기 때문에 기차를 탈 수 있었다며 큰 숨을 내리 쉬었다. 다리의 역할에 고마워하며 짜릿했던 부산을 향해 손을 흔들었다.

여행길에서 만난 많은 다리는 나를 자연 속으로 데리고 가주기도 했고, 마음이 하나 되도록 이어주기도 했다. 나도 서로의 영혼을 이어 막힌 길을 뚫고 소통하는 누군가의 다리가 되고 싶다.

남태평양에서

가슴이 두근거렸다. 강렬한 태양이 올라오며 붉은 기운이 바다를 덮는 모습이라니. 비행기 창밖의 풍경에 나는 흠뻑 빠져들었다. 하늘 위에서 날짜변경선을 지나며 이틀을 보내는 중이었다. 일상에서 벗어나 일과 책임을 내려놓고 쉼표를 찍는 시간. 남태평양 위를 떠도는 하얀 구름 사이로 마음은 깃털이 되어 떠다녔다.

11시간 후 피지 Fiji라는 작은 섬나라의 난디Nadi공항에 도착했다. 마중을 나온 안내원이 "Bula, 안녕하세요!"라고 큰소리로 인사하며 조개 목걸이를 걸어주었다. 지구 반대편의 나라에서 겨울에 맞이하는 여름이 나를 흥분케 했다. 11월에 화씨 77도의 따뜻한 날씨가 신기하기도 했다. 남태평양 한가운데 332개의 섬이 자연 그대로의 모습을 보여주는 피지는 대부분이 화산섬이고 1/3은 무인도다. 우리는 첫날 그 섬 중 식인종 원주민이 지켜온 비세이세이 마을에서 전통생활 모습을 둘러보았다. 그곳은 영국의 식민지로 사탕수수 재배에 노동력을 착취당했던 슬픈 역사를 지닌 곳이다. 총의 무력에 무릎을 꿇긴 했지만, 혀를 내밀며 가장 위협적인 표정을 지었던 원주민의 모습이 건물에 문양으로 새겨져 있다. 영연방 제국으로 영국 선교사에 의해 세워진 웨슬리 감리교회 앞에서 나는 영토 확장에서 빚어진 약자의 아팠던 과거를 생각하며 조용히 눈을 감았다.

이튿날, 데라나우 선착장에서 흰 돛을 단 범선을 타고 티부아 아일랜드로 향했다. 이곳은 무인도다. 이제 우리가 발을 디디면 유인도가 될 터. 뱃머리에서 물살을 가르며 흰 거품을 일으키는 파도를 물끄러미 바라보았다. 멀리서 바라보는 섬 주변의 바다 빛 색채는 말로 형용하기 어려웠다. 너른 바다 위에 떠 있는 외로운 섬은 그리운 어머니 섬이 되어 나의 마음에 와닿았다. 파도가 밀려오며 어머니에 대한 옛 추억을 전해 준다. 바람이 배의 돛을 부드럽게 어루만져 주는 것처럼.

선원들이 기타 선율에 맞추어 그들의 민요를 목청껏 불렀다. 우수에 찬 멜로디다. "웃음 짓는 커다란 두 눈동자 긴 머리에 말 없는 웃음이 라일락 꽃향기 흩날리던 날 교정에서 우리는 만났소…. 우리의 이야기들. 바람같이 간다고 해도 언제라도 난 안 잊을 테요." 대학 시절 즐겨 부르던 노래의 원곡이다. 자연스레 배에 탄 사람 모두가 어깨를 들썩이며 합창했다. 지휘자가 없이 연주되는 코러스가 작은 배 안에 울려 퍼졌다.

섬에 닿는다. 하늘을 향해 뻗은 야자수는 잎을 흔들며 방문객을 환영한다. 늘어진 잎사귀가 그늘을 만들어 우리를 품어주고, 고운 모래사장이 섬 주위를 감싸며 에메랄드빛 원시의 청결함을 드러낸다. 모래사장을 걷다가 출렁이는 파도의 부름에 유혹되어 바다 물속으로 들어간다. 바닷물이 따뜻하다. 온몸이 정화되며 마음 또한 옥청빛으로 녹아내린다.

저만치 추억의 바다가 파도에 밀려온다. 초등학교 시절에 나는 바닷가에 살았다. 주말이 되면 도시락을 싸 들고 동생들과 해변으로 향했다. 바다는 우리의 놀이터가 되었다. 모래사장에 그림을 그리고 뒹굴다가 바닷물 속에 첨벙 안겼다. 잔잔한 바다는 엄마 품이 되어 수영도 못하는 우리를 포옹해 주었다. 바닷물 위에 둥둥 떠서 손을 내젓기도 하고 파도에 휩쓸리며 스릴을 즐기기도 했다. 시간이 가는 줄도 모르고 놀다가 해님이 서쪽으로 길게 그림자를 내릴 무렵이 되어서야 급히 집으로 돌아오곤 했다. 그런 날은 등이 벌겋게 그을리고 물집이 생겨 누워 잠을 잘 수 없었다. 며칠이 지나 물집이 터져 상처가 아물 때가 되면 우리는 다시 바닷가를 찾아 푸른 물속에 몸을 담그곤 했다. 그 시절의 아이 웃음소리가 푸른 바람을 타고 들려오는 듯하다. 세나토아 하얀 꽃을 머리에 꽂고 남편의 귀에도 꽂아준다. 때 묻지 않은 자연 속에서 추억의 노래를 부르며 어릴 적 바닷가에서 즐기던 아이가 된다.

60년이 흘러간 시간을 되돌아본다. 타국 땅에서 새벽부터 밤까지 얼마나 나를 혹사했던가. 이제부터라도 나를 사랑해 주어야지.

석양이 불그스름하게 자취를 물들이며 남태평양 너머로 내려간다. 내일 떠오를 새로운 세계를 약속하는 듯 손을 흔든다. "Mo De, 안녕!"

한여름 속 크리스마스

12월 달력을 넘긴다. 추위를 더 느끼는 계절이다. 상자를 열면서 흥분된 손이 사르르 떨리며 크리스마스 트리를 꺼내 조립하고 장식한다. 스타킹, 리본, 종, 루돌프 장식물을 나무에 달고, 손주 모습이 담긴 사진 오너먼트도 건다. 가족의 웃음이 나뭇가지에 매달리며 'Joy'라는 열매도 맺힌다. 반짝거리는 작은 전구가 달린 줄을 빙빙 돌리고, 나무 꼭대기 위에 큰 별을 꽂으면 성탄절 나무 장식이 완성된다. 트리의 불빛이 황홀한 날개를 펴며 집안을 밝게 채운다. 벽난로의 불길이 통나무를 감아 굴뚝을 향해 오르고 냉랭한 공간에 퍼져나가 마음을 따스하게 해 준다.

색다르게 겪은 크리스마스가 떠오른다. 오스트레일리아를 방문했을 때였다. 배에서 바라보는 시드니의 전경이 신선했다. 푸른빛을 배경으로 흰 조가비 모양의 오페라하우스가 초점이 되어 곁으로 뻗은 하버브리지가 시내로 이어주었다. 빅토리아 여왕의 동상 앞으로 다가갔다. 국내의 중대한 문제를 해결하고 식민지를 확대하여 '해가 지지 않는 나라' 대영제국의 최전성기를 이룬 여왕의 위엄을 보며 존경심을 표했다.

'퀸 빅토리아 빌딩(Queen Victoria Building)'이라는 사인이 눈에 띄었다. 실내에 들어서니 크리스마스 상품이 다양하게 진열되어 있고 복도의 중앙에 화려한 장식품으로 치장한 크리스마스트리가 서 있다. 때를 위해 기다린 듯 고객을 반겼다. 눈길이 닿는 곳마다 성탄 빛으로 물들여져 있다. 사랑하는 이를 위해 선물을 고르고 싶은 마음이 저절로 들었다. 진열장 속에서 뜨거운 태양 아래 땀을 흘리는 산타의 낯선 크리스마스 모습을 볼 수 있었다.

밖에 나오니 뜨거운 바람이 얼굴을 스쳤다. 지구 반대편에서 한여름의 크리스마스를 피부로 느낀다고 할까. 거리의 사람들이 반소매, 반바지를 입고 활보했다. 사람들은 바닷가에서 산타 모자를 쓰고 바비큐를 구우며 칠면조가 아닌 새우나 바닷가재, 신선한 해산물로 크리스마스 파티를 즐기고 있었다.

너무 더워서 산타 할아버지가 수영복을 입고 오실까? 바닷가에서 일광욕을 즐기고 팜 트리 아래에서 쉬는 산타를 상상해 본다. 썰매 대신 파도 위로 요트를 타고 오시려나? 선글라스를 끼고 서핑하며 올 수도 있겠지. 루돌프의 빨간 코는 태양 아래 그을려 검게 탄 채 등대 역할을 할 것이다. 지구 반대편의 성탄절 모습을 눈에 담아 익숙해지려고 했다. 흰 눈과 루돌프 사슴이 끄는 썰매는 없지만, 세계 곳곳의 성탄절 분위기는 여전히 같다. 기쁜 소식을 기다리는 마음이 같기 때문이리라. 하얀색이나 푸른색, 어느 색이 배경이 되든지 크리스마스는 우리를 들뜨게 하나 보다. 산타가 여름과 겨울을 넘나들며 시린 손을 호~ 불다가 이마의 땀방울을 닦는 모습이 연상된다. 지구촌 어린이를 구석구석 찾아다니는 성탄절의 또 다른 모습이다. 풍경과 풍습은 달라도 성탄절이 전해주는 의미는 같기에 다른 시간, 다른 장소에서 느낀 크리스마스를 음미해 보았다.

그 후 2년이 넘도록 코로나바이러스에 의해 온 세상이 폐쇄된 공간에 갇혀 있는 동안 사랑하는 어머니를 떠나보내고 곁을 지켜주던 남편도 신장투석으로 힘든 나날을 견뎠다. 부스터 샷을 맞은 후 겨울 방학 동안 온 가족이 청정지역에서 위로받고 싶었다. 유난히 몸과 마음이 춥게 느껴지는 성탄 절기를 따뜻한 곳에서 지내기 위해 여행을 계획했다. 신장투석 기계가 담긴 가방을 조심스레 모시고 여행길에 나선다. 몸에 연결되었던 줄들을 풀어내는 새벽 공기가 싱그럽게 느껴진다. 분주하게 체크 절차를 마친 후 마스크 위로 빠끔히 내민 눈동자는 비행기 창밖에 머문다. 바다 위에 크고 작은 점을 그리는 섬과 하얀 구름 조각이 펼쳐내는 화폭을 보는 듯. 내 가슴은 은은한 동녘의 빛깔로 채색된다.

마우이공항에 도착하니 보슬비가 우리를 반겨준다. 빗방울이 뺨을 간지럽힌다. 비를 날려 보내는 바람이 다른 냄새를 풍기며 새롭게 느껴지는 것은 여기까지 어렵게 왔기 때문일까? 계획하고 추진해왔던 지난날과 달리 나는 딸의 의견에 따르며 순종하는 학생이 되기로 한다. 마음의 여유를 가져보련다. 비 갠 하늘에 무지개가 선명하게 피어오르며 우리를 반긴다. 모든 것이 합력하여 선을 이루듯이.

성탄절을 낯선 곳에서 맞는다. 호주에서 그랬듯이 한여름의 성탄절을 경험하며 잔잔한 떨림이 일어난다. 아이와 노인네를 위한 잔잔한 바닷가를 찾았다. 3대 가족 중심으로 즐기는 Baby Beach이다. 파도가 저 멀리에서 접근하지 않는다. 잔잔한 물속으로 한참 걸어 들어가도 물이 허리에 찬다. 딸들이 행동이 둔한 우리를 배려해서 찾은 바다임을 안다. 젊은이들이 산타 모자를 쓰고 서핑 보드를 들고 모래 사장을 걸어온다. 바다 저편에서 손주들은 스노클링을 한다. 수영해 가면 산호 숲에서 놀고 있는 형형색색 열대어들과 함께 즐긴다. 우리는 점잖게 팔다리를 저으며 헤엄치는 거북이를 쫓아 얕은 바닷속을 여행한다. 피조물인 물고기와 인간이 하나가 되어 평화를 누리는 듯싶다.

석양이 하늘과 맞닿은 물결을 곱게 물들일 무렵 해변의 작은 교회를 찾았다. 원주민이 우쿨렐레를 연주하며 하와이안 댄스에 맞추어 찬양한다. 꾸미지 않은 자연 그대로 자신을 드리는 순전한 모습이다. 낮고 천한 구유에 태어나 험한 세상에서 그가 찔림은 나를 위한 것이었다는 구원의 의미를 되새긴다. 낯선 성탄절에 예전에 경험치 못한 평안을 누린다. 썰물에 의해 멀리 달아나는 파도에 아프고 힘든 사람에게 위로의 메시지를 실어 보낸다. 기쁨, 희망과 평화를.

지구촌 모든 이에게 하와이 말로 인사한다. "Mele Kalikimaka Makahiki Hou!"

공간의 여유

미지의 공간으로 여행을 떠났다. 낯선 곳의 역사와 문화에 대한 호기심으로 설레며 가방을 꾸렸다. 늘 똑같은 일상으로 잔잔하던 가슴에 파문이 일렁였다. 처음엔 간편하게 작은 가방을 선택했지만, 방문하는 세 나라가 위도의 차이로 날씨 변화가 여름과 겨울을 넘나드는 지역이기에 여러 가방 중에서 적당한 것을 골라야 했다. 옷가지, 수영복, 모자, 약, 세면도구, 충전 변압기까지 필요한 것이 자꾸 늘어나는 덕분에 포기해야 할 물건이 점점 많아졌다. 추위를 타는 우리 내외는 두껍고 부피가 큰 외투도 챙겨야 해서 제일 큰 가방으로 바꾸었다. 그때는 이 사이즈면 충분하리라고 생각했다.

뉴질랜드를 관광하는 중이었다. 웅장한 산맥과 화산, 짙푸른 우림과 초원의 다채로운 풍경은 우리의 마음을 마구 빼앗아갔다. 환경오염도 없고 풍광이 빼어난 그곳에서 여유작작하게 거니는 소들을 보며 일상에서 조였던 긴장의 끈을 늦추고 있을 때였다. 가이드가 그 지역의 특성을 설명한 후 기념품 매장으로 안내했다. 이곳의 특산물은 지구촌에서 한군데밖에 없다면서 진지하게 소개했다.

"이것은 산양의 태반으로 만든 화장품으로 피부암을 방지하는 특효가 있습니다."

"이 제품은 블루베리로 만들어 눈에 좋고요, 이 나라에는 안경을 쓰는 어린이가 없습니다."

시력이 나쁜 나는 눈에 좋다는 말에 귀가 번쩍 열리며 솔깃했다. 언제 또 오겠느냐는 가이드의 설득 어린 말에 어느새 그 상품을 슬그머니 집어 계산대로 향하고 있었다.

대금을 지불하고 물건을 건네받은 후에 내 마음 한편에 그늘이 드리워졌다. 그 물건을 담아 가지고 갈 가방의 공간 여부가 걱정되었기 때문이다. '구겨 넣어 보리라. 다음 장소에서는 더는 물건을 사지 말아야지.'라고 다짐했다. 얼마나 긴 시간이 지났을까. 이동하는 길가에 피어있는 야생관목인 마누카꽃을 가리키며 가이드의 목소리 볼륨이 높아졌다.

"이 꿀은 위암을 일으키는 헬리코박터균을 죽이는 약효가 있습니다. UMF 10등급으로 식품 이상의 약품으로 인정받습니다." 내 귀가 얇은 걸까? 그 말에 또 내 마음이 흔들리기 시작했다.

두 마음이 밀고 당기는 갈등이 일어났다. 아니야. 내가 자리를 비운 동안 수고하는 여러 교사와 가족을 위해 작은 선물이라도 준비해야 해. 기왕이면 면세 혜택도 받고 효능 좋은 특산물을 사는 것이 좋겠지. 그런데 어쩌나! 그 물건을 넣을 가방에 공간이 없었다. 들어갈 여백이 없다는 사실은 마음의 넉넉함을 빼앗았다. 물건을 소유하려는 욕심은 공간의 여유를 없앤다는 사실을 몰랐다. 새로 구매한 물건을 담기 위해 새 가방까지 사야 하나? 고민하는데 이번 여행에 동행한 부부가 새 가방을 사서 계산하고 있는 게 아닌가. 우린 서로의 상황을 이해하는 듯 겸연쩍은 웃음을 지었다.

오늘은 여행지에서 사온 특산품 재킷을 옷장에 건다. 추워진 날씨

핑계로 옷 정리하며 세탁기를 부지런히 돌렸다. 한 번도 입지 않은 채 옷걸이에 걸려 있던 옷도 모두 솎아 내었다. '이것은 입기에 편해서 좋아. 이건 그때 선물로 받은 것이라 특별한 의미가 있어.' 평상시 입지 않던 옷도 그것 나름대로 애착이 있어서 버리지 못한다. 해마다 옷 정리할 때면 반복하는 생각 때문에 점점 서랍장에 여백이 없는 것은 당연하다. 이제 결단을 내려서 정리하자는 생각으로 불필요한 옷가지를 다른 상자에 담아 선교지로 보내기로 했다. 서랍장에 공간이 점점 커진다. 필요한 옷을 여유 있게 보관할 수 있어서 좋다.

　여유는 물건에 대한 공간에서 오는 것만은 아니다. 마음속을 꽉 채우고 있는 욕심과 부정적인 요소를 본다. 꽉 차지 않으면 만족하지 않았던 지난날의 나를 돌아본다. 나는 이제 거미줄처럼 뒤얽힌 머릿속을 비우려 한다. 생각을 비울 때 미래에 대한 상상이 꿈틀거리고 사리판단을 할 수 있는 너그러운 마음의 공간이 만들어지기 때문이다. 내 마음에 자유로운 그림을 그리기 위해 비워내는 훈련을 해야겠다. 가끔 생각 없이 멍해져도 괜찮다. 컴퓨터 내부 구조와 같은 복잡다단한 삶 속에서 디스크의 저장 용량을 확인하듯이, 내 삶 속에서도 바른 판단을 위한 여유가 필요하지 않을까.

흐르는 강물처럼

먼 산이 하얗다. 올겨울엔 비가 많이 온 탓에 반가운 선물을 받은 듯하다. 로스앤젤레스는 일 년 내내 따뜻하지만, 비가 오면 인근의 높은 산이 눈으로 덮이는 장관이 연출된다. 우리는 그 하얀빛에 매료되어 눈을 찾아 떠난다. 연말 휴가를 보내기 위해 요세미티 계곡을 향해 운전한다. 피부에 닿는 차가운 바람에 닫혀 있던 가슴이 상쾌하게 열린다. 한 해의 끝자락에서 누군가의 잘못을 용서로 화해하며 마무리하고, 새 계획을 백지 위에 그리는 정결한 마음으로 새해를 맞이하고 싶다.

곧은 고속도로를 지나 좁은 길로 들어선다. 인생 여정이 곧은길만 펼쳐지는 것이 아닌 것처럼 산속에 또한 좁은 길이 있다. 설레는 마음도 잠시뿐 꼬불꼬불 돌아가는 산길 때문에 어지럽고 멀미가 나려고 한다. '일 년이 이렇게 힘든 여정이었나.' 지나간 일 년을 회상한다.

이민 생활에 적응하고 정착하려고 안간힘을 쓰던 시간이 있었다. 앞만 보고 달렸다. 다음 단계로 넘어가기 위해 부단히 애를 썼다. 마치 산에 오르는 도전과 같았다. 낯선 세상에서 희망을 품고 꿈을 이루고자 했다. 때로는 숨이 차고 버겁게 느껴지기도 했지만, 나에게 주어진 소명이라 여기며 하루하루 강하게 견디었다. 약한 부분이 강함이 되어 최선을 다하려 했다. 그런 과정의 고비를 지나며 무리하게 파생된 부작용은 없었는가를 되짚어본다. 그때그때의 사정이나 형편에 따라 그 순간을 모면하거나 회피하기 위해 놓치거나 적당히 처리한 것은 없었을까? 마치 멀미를 막기 위해 약만 먹으려고 하는 것처럼. 성취된 결과만을 보려 했던 뒷모습이 어떻게 남겨져 있는지 돌아본다.

잊지 못할 산이 떠오른다. 몇 년 전 뉴질랜드 남섬을 여행할 때다. 멀리 설산이 신비로운 빛으로 다가왔다. 고고하게 흰 자태를 드러내는 마운틴 쿡(Mountain Cook, 아오라키)은 3,724m 높이로 빼어난 비경을 자아냈다. '아오라키'는 '구름을 뚫은 산'이란 뜻이다. 빙하로 덮인 산봉우리 중 최고봉이 마운틴 쿡으로 하늘을 찌를 듯한 자신의 존재를 드러내며 반사하는 햇빛에 어우러져 황홀함을 더했다. 바로 뉴질랜드 최고의 등반가 에드먼드 힐러리 (Edmund Hillary) 경이 에베레스트산을 정복하기 전에 등반 훈련했던 산이었다.

힐러리 경은 1953년 33세의 나이에 에베레스트산을 최초로 등정한 인물이었다. 그는 어릴 적에 몸이 왜소하고 소심한 성격으로 자신감을 얻기 위해 등반을 시작했다고 했다. 뉴질랜드의 5달러 지폐에 아오라키 산을 바라보고 있는 그의 모습이 담길 정도로 존경받았다. 마운틴 쿡은 모든 등산가에게 도전을 위한 발판이 되었던 산이었기에 나는 그때 소중한 의미를 부여해 보았다. '구름을 뚫은 산'의 기상을 나도 품고 싶었다.

마운틴 쿡과 강물의 동행은 그림 같은 풍광을 빚어냈다. 눈 덮인 산들이 병풍을 두른 산꼭대기에 햇볕이 쏟아졌다. 빙하가 녹아내린 옥색 물은 광물 가루의 산란 효과에 의한 것이었다. 그 오묘한 색채는 에메랄드빛 물감을 화폭에 칠한 듯 고왔다. 강물 따라 내 마음도 여유롭게 흘러가다가 그 속에서 번뜩이는 무언가를 발견했다. 연어가 뛰어노는 것이 아닌가. 어린 연어는 차가운 강에서 자라다가 바다로 나가 성어로 자란 후 산란을 위해 자기가 태어난 강으로 회귀한다고 했다. 강물은 흘러가 모든 것을 소멸하는 듯하지만, 생명을 잉태하는 샘의 원천이 되기도 한다는 놀라운 사실을 그때 깨달았다.

요세미티 계곡을 들어가며 나는 생각한다. 지난날 이민자였던 내가 새 터전에 정착하기 위한 열정으로 오르고 올랐던 숱한 도전을. Day Care Center 설립을 위해 시청과 소방서의 허가를 받고, 주 정부의 인가 획득을 위하는 과정을 거쳐 산 정상에서 '어린이학교 설립'이라는 목표를 성취했다. 내 인생의 산꼭대기에 쏟아진 햇살은 주변 사람의 협력과 전능자의 은혜였다. 그 녹아내린 강물 속에서 많은 아이가 입학하여 성장하고 졸업한 후 커뮤니티와 세계를 향해 흘러갔다. 이제 그들이 이민 2, 3세로서 글로벌 시대의 주역이 되어 일하고 있음을 본다.

새해를 맞이하며 나도 강물처럼 흘러가자고 마음을 다짐해본다. 삶에 대한 욕구를 강물에 흘려보내며 조인 고삐를 늦추어 보자. 좁고 굽은 길에서 브레이크를 살짝 밟으며 속도를 늦추기도 할 것이다. 서두르지 말고 천천히. 속도가 아닌 올바른 방향을 바라보고자 한다.

이제 일을 내려놓아야 할 은퇴 시기다. 내 의지를 내려놓고 거대한 흐름에 맡겨본다. 새 생명을 기대하며.

제맛을 잃으면

수평선 위로 둥근 해가 기지개를 켠다. 잠자던 바다는 붉게 상기된 볼처럼 반짝인다. 어두움이 물러가는 시간에 내가 즐겨 찾는 곳이 있다. 뉴포트 비치에 있는 120여 년 된 '도리 어시장'이다. 그곳을 찾을 때마다 나의 가슴은 콩닥거리고, 눈 익은 어시장은 이름처럼 손과 머리를 도리도리 흔들며 나를 반겨준다. 이곳은 즐비한 상가의 현대식 건물에 대조되는 역사 보존 건물로 지정되어 옛 모습 그대로 장사를 하는 곳이다. 어부들이 밤에 배를 타고 출항하여 넓은 바다에서 방금 잡아올린 싱싱한 생선을 배 갑판 위에서 판다. 나는 배가 들어올 무렵 피어에서 불어오는 바다 내음에 생기가 솟고 살아 펄쩍펄쩍 뛰는 물고기를 보며 에너지를 얻곤 한다.

그곳을 갈 때 양동이와 함께 잊지 않고 챙겨 가는 것이 있다. 바로 소금 봉지다. 긴 줄에서 내 차례가 오면 원하는 생선을 골라 어부에게 건넨다. 앞치마를 두른 어부는 저울에 무게를 단 후 그 자리에서 손질한다. 갈매기 떼가 비린 냄새를 맡고 달려드는 모습은 생존경쟁의 단면을 보는 듯싶다. 팔딱거리는 물고기를 손질하는 빠른 손놀림을 보며 내가 살아 움직이는 세상 속에 있음을 실감한다. 손질한 생선을 건네받으면 양동이에 넣고 준비해 간 소금을 듬뿍 뿌린다. 신선한 바다 그대로의 맛을 보관하기 위해서다. 우린 먼 거리에도 시간에 구애받지 않고 집으로 돌아올 수 있다. 반투명 육각형 결정체가 부패하지 않도록 하기 때문이다. 감춰진 소금의 효능을 맛본 셈이다.

오뉴월엔 배 갑판 위에 놓인 큼직한 멸치를 만난다. 그것을 소금에 절여 그늘에 오래 보관하면 젓국으로 변신한다. 김치를 담고 채소 겉절이를 할 때 넣으면 향긋한 맛을 돋우어 일품요리의 비결이라고 할까. 모든 음식은 소금으로 간을 맞추어 마무리하며 풍미를 높인다. 바로 소금이 하는 역할이다. 우리가 일상에서 뗄 수 없는 소금 맛의 중요성에 익숙해져 소홀하기 쉽지만, 그 가치에 접근해 본다.

급료를 뜻하는 Salary는 라틴어 Salarium으로 Salt와 어원이 같고 병사에게 급료를 소금으로 주는 데서 유래했다고 한다. 지금은 소금을 저렴하고 쉽게 구할 수 있지만, 예전에는 생산이 쉽지 않아 작은 황금이라 불릴 만큼 국가의 수입원과 무역 상품으로 엄청난 가치를 지닌 부와 명예, 권력의 상징이 되었다고 한다. 그 가치를 읽을 수 있는 재미있는 전래동화 이야기가 있다.

'옛날 신기한 맷돌을 가지고 있는 임금님이 있었다. 말만 하면 소원대로 모든 것을 들어주는 맷돌이었다. 곁에서 넘보던 욕심꾸러기가 그것을 훔쳤다. 도둑은 그 귀한 것을 숨길 곳이 없어 궁리 끝에 배를 타고 멀리 도망갔다. 항해 중, 부자가 되고 싶은 욕망을 이기지 못해 소금이 나오도록 하고 말았다. 그 당시 소금은 귀하고 비쌌기 때문이었다. 그가 "소금 나오너라!" 주문을 외우자마자 희고 고운 것이 마구 쏟아져 나왔다. 도망치기에 급급했던 도둑은 그치게 하는 주문을 미처 배우지 못했다. 소금은 쉬지 않고 쏟아졌고 산더미처럼 쌓인 소금의 무게에 마침내 배가 가라앉았다. 그도 죽고 말았다. 지금도

바닷속에 가라앉은 맷돌에서 끊임없이 나오고 있어 바닷물이 짜게 되었다.'

소금은 주성분 염화나트륨과 각종 미네랄이 포함되어 있다. 그의 중요한 효능도 잘 알려져 있듯이 생체 조절에 필수적인 물질이다. 수분과 함께 삼투압을 유지해 신진대사를 촉진하고, 염증을 제거, 체온 조절, 혈액의 흐름을 좋게 한다. 축적된 칼륨을 몸 밖으로 배출하는 역할을 할 뿐 아니라 생명 활동의 근원이 된다. 우리 몸은 70%의 수분과 0.9%의 염분으로 이루어져 있다. 나는 피곤하면 눈이 뻑뻑해져 몸의 체액과 같은 0.9% 생리식염수를 넣는다. 자연과 몸이 같은 비율을 유지해야 한다는 사실을 알게 된다.

성경에 하나님과 사람의 관계를 변치 않는 의미를 지닌 '소금 언약'으로 비유되어 있고 하나님께 드릴 번제에 소금을 쳐서 성결하게 한다. 또한 '너희는 세상의 소금이 되어라'라고 기록해 인간과 인간의 변치 않는 약속을 보여준다. 소금은 자연이 인간을 위해 마련한 영구 불변의 가치이며 신의 선물임이 틀림없다.

레오나르도 다빈치가 그린 '최후의 만찬' 그림을 자세히 살펴보면 예수님이 열두 명의 제자와 마지막 식사하는 식탁에서 빵과 그릇들 사이에 엎어져 있는 소금 단지를 볼 수 있다. 화가는 유다의 실수로 쓰러져 있는 소금 그릇을 통해 약속의 배신을 암시했다. 나 역시 유다와 같은 처지에 놓이지는 않을는지 자신이 없다.

세상의 타락과 부패를 막아주는 가치 있는 존재로서. '너는 소금처럼 꼭 필요한 존재로 역할과 중요성을 인식하면서 살고 있느냐?'라고 묻는다. 짠맛을 잃지 않고 제맛을 유지할 수 있는 길은 무엇일까?

자연에서 찾은 여유

아침 하늘이 흐리다. 거세어지는 코로나바이러스 확진 때문에 다시 봉쇄령이 내려졌다. 집에 거한 지 어언 넉 달이 지난다. 내가 아침 여섯 시에 출근하면 아침과 점심 식사를 혼자 해결해야 했던 남편이 제일 신나 한다. 남편은 몸의 기능이 약해져 먹고 싶은 음식도 제대로 먹지 못하는 처지다. 내가 세심한 주의를 기울이지 못한 것을 이제야 깨달았다. 코로나 사태가 망설이며 은퇴하지 못하는 나를 집에 묶어놓았다. 나 역시 면역성이 약한 노약자라 딸은 외출금지령까지 내렸다. 더욱이 수술 후 운전대에 앉을 수 없는 상황에서 남을 의지해야 하는 움츠린 마음에 회색 구름이 드리운다.

구름을 걷어내는 맨 처음 작업은 텃밭을 만드는 것이다. 마당 옆 구석의 잔디를 뒤엎어 옥토로 만들어 채소를 재배할 계획을 세운다. 공기를 흔들며 이슬이 내린 땅은 신선한 기운으로 아침을 연다. 햇살이 기지개를 켜니 땅이 호흡하기 시작한다. 밭을 갈고 이랑을 파고 거름을 섞어 질이 좋은 성분의 토양을 만든다. 씨앗을 뿌린 후 열심히 물을 준다. 지렁이가 꿈틀거리며 딱딱한 땅의 표면을 열면 사이사이로 새싹이 얼굴을 내민다. 어린 손주의 연두색 생명이 태어나듯이.

너무 촘촘하게 싹이 나면 솎아주어 여유 있는 공간을 만들어준다. 부모가 아이의 성장을 막는 방해물을 없애 마음껏 자랄 환경을 조성해주는 것처럼. 하루가 다르게 키가 크고 줄기가 굵어진다. 잡초를 없애주고 가지치기로 충분한 영양분을 공급한다. 쓸모없는 잡초가 생존력이 강해 더 번성해가는 것은 세상에 뿌리를 내리는 악의 근성을 보는 듯하다. 가느다란 넝쿨손을 붙잡아 장대를 탈 수 있도록 돕는다. 친구의 친절한 안내가 나의 손을 붙잡아 동행자가 되는 것같이. 열매가 맺힌다. 그 결과는 실로 놀라운 성공이다. 농사를 처음 지어보는 나는 열린 입을 다물기 힘들다. 상추, 시금치, 근대뿐만 아니라 토마토, 가지, 고추, 오이, 호박을 수확한다. 속이 꽉 찬 결실은 우리 내면의 충실한 성숙을 보여주는 듯 흐뭇하다. 거두어들인 재료로 건강에 좋은 음식을 만드니 우리 집 밥상은 행복으로 꽉 찬다.

언젠가 외딴 농촌이나 어촌에서 음식의 재료를 손수 마련하여 종일 먹을거리를 만드는 '삼시 세끼'라는 프로그램을 본 적이 있다. 현실성이 없는 나와는 관계없는 프로그램이라 생각했는데 이제 내가 그 주인공이 된 셈이다. 가꾸고 수확하며 기쁨을 맛보고 그로 인해 건강한 몸을 유지할 수 있다면 하루 세끼를 꼬박 챙겨 먹는 '삼식이나 삼순'이라고 해도 좋다.

텃밭 가꾸기는 유기농 채소를 자급자족한다는 의미 이상의 것이다. 물론 물이 귀한 이곳에서 수돗물 요금이 마켓에서 사오는 채소 값보다 더 많을 수도 있지만, 반면 얻는 것이 많다. 농부의 땀 맺힌 수고와 마음을 이해하기에 그의 얼굴에 번지는 미소가 가깝게 클로즈업되어 보인다. 땅이 품고 발아하여 성장 후 거두는 것은 농부의 정직한 소실임에 틀림이 없다. 내 60여 년 생의 노력 후에 대가로 주어지는 결실은 무엇일까를 생각하며 햇빛과 산소도 있었음을 깨닫는다. 값없이 받은 자연의 선물을 몸으로 흠뻑 받아 누리고 있음을 '감사'라는 단어로 표현해 본다.

갓 캐어 흙이 묻은 채소를 나무 아래 앉아 다듬는다. 생명의 원천이 되는 흙 속에 코를 대고 향기를 숨 쉰다. 자연의 냄새를 맡으면 마음이 편안해지고 여유가 생긴다. 시간에 구애받지 않은 채 아무것도 하지 않아도 그저 좋기만 한 시간이다. 나는 하루 일과를 정한 후 하루가 바쁘게 지나가야 오늘도 잘 살았다고 생각했던 일 중독자였다. 긴 세월 동안 데이케어센터 문을 손수 여닫으며 내가 아니면 안 될 줄 알았다. 그 교육장도 교사들에 의해 잘 운영되는데 왜 그토록 애타게 뛰었던가. 24시간이 일하기 위해 주어진 것 같았던 나에게 자연은 조용한 가르침을 준다.

무념무상의 시간이 다른 가치를 창조할 줄이야. 성급하게 굴지 않고 사리 판단을 너그럽게 할 수 있는 넉넉함을 얻는다. 처음 겪는 코비드 팬데믹을 침착하고 느긋하게 통과하여 은퇴를 준비하리라. 나는 이렇게 어려운 시기를 이겨낼 것이다. 초록빛 여유에서 얻는 선물은 크다.

마추픽추의 비밀

구름이 벗겨지며 산의 형체가 드러난다. 구름이 비상하는 하얀 움직임을 바라본다. 신비에 싸인 산마루를 오르는 설렘에 심장의 박동이 빨라진다.

몇 년 전 우리 부부는 죽음의 문턱까지 다녀올 만큼 심한 건강 악화를 겪었다. 힘든 시간을 견뎌내고 건강이 회복되자 우리는 스스로에게 보상이라도 주려는 듯 선교여행을 떠났다.

로스앤젤레스에서 남쪽으로 벋은 안데스산맥에 발을 디뎠다. 한국 선교사가 페루의 수도인 리마, 쿠스코와 아렛끼바에서 사역하는 현장을 둘러보며 힘을 보태기 위해서였다. 수도 리마에서 비행기를 이용해 잉카제국의 수도이며 문화의 중심지였던 쿠스코에 도착했다. 시가지는 스페인 양식의 고풍스러운 분위기를 자아냈다. 머리 가까이에서 쏟아지는 별빛과 광장의 야경에 취해 하룻밤을 묵었다.

다음날 기차를 타고 아구아스깔리엔데스에 도착했다. 역사의 베일 속에 숨겨진 산속에서 호기심으로 뒤척이며 밤을 지새웠다. 구름으로 덮인 유리창 가에서 조반을 먹고 마추픽추 가까이 접근했다. 버스로 구불구불 가파른 경사를 돌며 정상을 향했다. 우리를 휘감고 있는 구름 사이에서 한 발치 앞도 볼 수 없었다. 조심스레 발걸음을 떼며 마음을 진정시키자 푸른 하늘이 모습을 내밀기 시작했다. 군데군데 산에 둘러싸인 잉카 시가 보이기 시작하니 퍼즐이 맞추어지는 듯했다. "우와!" 드러나는 고고한 산의 자태에 탄성을 자아냈다. 비경을 품은 계곡이 파노라마 같이 펼쳐졌다.

잉카제국은 불가사의한 곳이다. 그곳은 15세기에 문명의 꽃을 피웠고 스페인에 의해 멸망하여 인류 역사의 미스터리로 남아 있는 곳으로 1911년 예일 대학교수 Hiram Bingham's에 의해 발견되었다. 마추픽추(Machu Picchu)는 '늙은 봉우리, 잃어버린 공중도시'라는 뜻을 가졌고 해발 2,430m 산맥 정상에 자리 잡고 있다. 아래로 우루밤바강이 흐르며 옥토를 형성해 '신성한 계곡'이라 불렸다. 북쪽의 마추픽추와 남쪽의 와이나픽추(Wayna Picchu) 사이에 요새 도시가 형성되었다. 와이나픽추는 우리 눈앞에 우뚝 서 멋을 더해주었다.

입구에서 현지인 가이드를 만나 안내받았다. 잉카제국에 입성하려면 통과해야 하는 'The City Gate'를 지났다. 유적의 면적은 13제곱km이며 성곽은 좁은 돌계단이 감싸 있었다, 돌계단은 접착제를 사용하지 않고 틈 없이 돌을 쌓은 정교한 양식으로 만들어졌다. 체력이 약한 우리는 준비해 간 두 스틱에 의지해 수많은 돌계단을 오르내렸다. 돌로 지어진 건물은 약 200채 정도였고 귀족, 농민, 평민이라는 세 계급 각각을 위한 신전, 농작지, 마을로 구성되었다. 도로망을 건설하여 일정한 원칙에 따라 도시를 만든 고대 계획도시로서 정치와 사회적 구조가 체계적이었다는 것을 알 수 있었다. 절대군주제, 계층분화가 잘 이루어져 찬란한 문화를 꽃피웠음도 상기시켜 주었다.

높은 위치에 태양을 숭배하는 신전(The Temple of the Sun)과 해시계가 있었다. 제물을 바쳤던 116톤이나 되는 제단의 큰 돌을 산꼭대기로 운반한 기술에 감탄했다. 제물로 순결한 아마존의 처녀를 바쳤고, 요사이 축제 때에는 라마가 제물이 된다고 했다. '3' 숫자를 중요하게 생각한 예로 신전에 뚫린 세 개의 창문을 보았다. 세 위치에 따라 하늘엔 독수리, 땅엔 푸마, 지하엔 뱀을 숭배했고 날개를 가진 독수리 모양의 신전이 있었다. 거대한 자연 속에서 잉카제국의 신전과 문화의 뗄 수 없는 관계를 돌아보았다. 발달한 문명 속에서 신에 의지했던 인간 역시 자연의 일부인 피조물이라는 것을 깨달았다.

축제와 경기나 게임을 했던 광장이 넓은 공간에 자리 잡았고, 2층으로 된 건물도 있었다. 계단식 농장, 물을 공급하는 수로와 물건을 보관하는 창고의 모습을 보며 문명의 수준을 가늠할 수 있었다. 고운 색채의 수공예 의상을 입고 악기를 연주하는 주민과 여유롭게 배회하는 라마들의 모습을 보며 옛 제국 속을 거니는 듯했다. 패망의 정확한 원인조차 알려지지 않은 채 수백 년 동안 세속과 격리되어 비밀을 간직한 역사의 현장이었다. 자연과 시간 속으로 묻힌 문명의 자취에 아쉬움을 남기며 발길을 돌렸다.

기차를 타고 눈 덮인 안데스산맥 투명한 천혜 속 깊숙이 들어간다. 유리 천장과 창을 통해 웅장한 산들의 행진이 이어진다. 변함없이 자리를 지키는 만년설이 덮인 산과 유유히 흘러가는 강물을 보며 지금도 기록되고 있는 의미를 읽는다. 나도 역사의 한 조각이 되길 바라며 퍼즐을 맞추어 간다. 사라진 유적지 속에 내 흔적을 남긴 것만으로 충분하다는 황홀한 감사에 빠진다.

파도타기(Surfing)

손자는 어릴 적 파도타기를 좋아했다. 몰려오는 파도를 리듬 타듯 올라타며 물살에 묻히면서도 보드에 엎드렸다. 밀려오는 푸른 등줄기에서 아찔한 속도를 즐겼다. 햇살에 번뜩이는 물빛과 어우러져 피부가 까맣게 그을리면서 꼬마는 반복해 도전하며 한낮을 만끽했다.

파도는 대양에서 중력, 바람, 밀물과 썰물의 영향에 의해 일어나는 물결이다. 하얀 포말을 그리며 동에서 서로, 서에서 동으로 밀고 당긴다. 밀려오는 힘찬 물살이 파도를 마구 일구어낸다. 육지에 다가와 바위에 부딪히며 하얀 거품을 뿜어내기도 한다.

서퍼(surfer)가 파동, 바람의 방향에 따라 앞을 향해 나가거나 이동한다. 널(board)을 이용하여 파도 위에 올라야 한다. 무서워하지 않고 두려움을 떨쳐버린 채 시간 가는 줄 모르고 즐기는 손자의 모습. 긴장하는 기색이 없다. 꼬마는 일찍이 모험의 매력을 알았을까. 새로운 곳을 향하기 위해 먼저 두려움을 이겨내야 하는 것을 자연스레 깨달았을 것이다.

이제 고등학생이 된 그는 코로나 팬데믹 상황일지라도 겨울방학 동안 태평양 한가운데 마우이섬 Hokiokio에서 도전해 본다. 정식으

150

로 레슨을 받으며 기본자세를 연마한다. 첫 단계로 균형을 잡고 일어서야 하는데 양팔과 다리를 벌려야 밸런스를 잡기 쉽다고 한다. 이때 아래를 내려다보지 말고 눈은 파도를 향해야 한다는 것이다. 고난과 시련을 이겨내려면 앞으로 다가오는 상대를 직시해야 한다고 할까. 적을 알아야 하기 때문이다. 생의 깊이에서 오는 강한 고통을 감수해야 옳고 풍성한 삶을 이룰 수 있다. 의를 행하기 위해 나아가는 세상 속으로의 도전을 통한 극복은 필요하기 때문이다.

넓은 바다는 역동적인 한 모멘트로 감정을 가진 생명체인 듯싶다. 달라지는 날씨에 의해 하늘과 바다는 한마음 되어 서로를 전한다. 찬란한 햇빛을 반사해 환희로 가득 차다가도 갑자기 어두워져 검정빛으로 분노하며 비를 쏟아내기도 한다. 마치 인생의 항해처럼. 서퍼는 이런 변화무쌍한 날씨를 뱃머리에서 부딪혀 맞아내는 것이다. 저마다 다른 개성을 가지고 자신의 길을 선택해 여러 상황과 마주하며 가는 것이다. 여기에 옳고 그름을 가를 수 있을까. 우리 삶은 창의적인 타기(ride)를 통해 숭고하고 멋진 경험을 할 수 있다.

잔잔한 물결이 거센 바람에 의해 거친 파도를 몰고 온다. 높은 산 같은 물이 밀려올 때도 있다. 집채보다 더 큰 파도가 벽처럼 덮친다면 난 어찌할 것인가. 쓰나미를 다룬 영상을 보며 공포에 싸인 적이 있다. 큰 파도는 몹시 놀라게 하는 이미지나 비참한 이야기로 그려진다. 위기를 맞는 순간에 오싹한 스릴, 소름 끼치는 공포를 이겨내는 노력과 작업이 필요하다. 가장 극단적인 순간에 조물주와 의사소통해야 하는 함을 절실히 느낀다.

파도가 진짜 클 때 서퍼는 그 안에서 진정한 자유를 찾는다고 한다. 어찌할 바 모르는 인간은 자연의 힘에 자신을 맡기고 그 품에 안길 수밖에. 태풍이 불 때 위에서 내려다보면 한가운데 작은 구멍이 있는데 이것을 태풍의 눈이라고 한다. 중심에 가까울수록 원심력이 세어지기 때문에 중심은 조용한 기상 현상이 나타난다고 한다. 무풍지대와 같이 소용돌이 중심부에서 평화를 맛본다는 이율배반적인 사실을 깨닫는다. 그 순간을 찾는 자연과의 조화는 사람과 신의 관계를 의미한다. 깊은 내면을 규제하는 힘보다 강한 것은 없기 때문이다. 오히려 더 큰 속도에 도전해본다. 밀려오는 파도의 힘을 이용해서 더 힘차게 전진하여 극복할 수 있기 때문이다. 시도해보자! Let's try it!

구름 속에서 얼굴 내민 달빛이 백사장을 고요하게 비추고 있다. 북적이던 피서객이 모두 떠나가고 아이들은 엄마를 따라 집으로 돌아갔다. 파도도 숨을 고르는 시간이다. 적막 속에서 밀려오는 파도는 모래사장에 흡수되는 듯하지만 되돌아 넓은 세계로 나간다. 역사의 흐름과 진리는 그렇게 반복해 왔다. 철썩거리는 파도 소리에 맞추어 할머니는 읊조린다.

타 문화 속의 소수 민족으로서 새로이 창조된 고유하고 풍부한 숨결을 숨 쉬며 자라나거라. 파도를 올라타는 기상으로.

5
사랑의 릴레이

연장된 기회

    운전면허 실기시험을 2년마다 본다. 매번 정밀 시력검사를 받아 결과를 제출했다. 올해도 안과를 예약하고 보험회사의 허락을 기다렸다. 세 번의 병원 방문으로 겨우 결과 기록을 받았다. DMV에서는 무려 세 시간을 기다려 접수하고, 운전 실기시험을 치르는 날에는 두 시간을 기다려 겨우 내 차례가 되었다. 그러나 시험관에게 서류를 내밀고 나서야 병원에서 날짜를 잘 못 적는 실수를 했다는 것을 알다니. 지금까지의 수고가 무효로 되고 다시 절차를 밟아야 했다.

    며칠 후 긴 줄 속에서 긴장하며 기다려서 마침내 Vision Drive Test 실기시험을 치렀다. 약한 시력으로 인한 운전의 위험성을 시험해보는 까다로운 심사였다. 불합격이었다. 30년 동안 해 온 운전 경력임에도 쓴맛을 봤다. 그뿐인가 임시면허증을 주며 다음 시험은 생소한 웨스트민스터 시로 가라고 했다. 주어진 상황이 실망스러웠다. 가슴을 졸이고 인내해야 하는 시간이 힘들었다. 운전대를 내려놓고 싶었지만, 마음을 위로하며 지난날 겪었던 아픔을 되돌아봤다.

    2002년 4월, 오른쪽 눈동자의 아랫부분에 검은 선이 보이기 시작했다. 그 선은 점점 위로 올라갔다. 빛이 통과하지 않는 검은 철판이 눈을 가린 것처럼 무겁게 느껴졌다. 다음날엔 1/4이 까맣게 보이지 않았다. 실명은 시간문제라는 생각에 겁이 났다. 순간적으로 일어난 엄청난 사실에 눈물도 흘리지 못했다. 놀란 마음을 달래며 가까운 안과를 찾았다. 검사 후 의사는 병명과 치료 방법을 모른다고 했다. 내 손에 주어진 것은 눈에 좋다는 비타민뿐이었다. 또 왼쪽 머리에 통증을 느껴 신경내과를 찾아 스테로이드 계통의 약을 처방받았다. 실력이 있는 의사를 수소문하면서, 예약도 못한 채 다급하게 UCLA 응급처치실로 들어갔다. 병원에서 선처해 준 우선순위로 새벽에 달려가 검사를 받을 수 있었다. 며칠 후 최고 권위 있는 병원에서 받은 모든 검사의 결과는 일종의 자가 면역질환이었다. 그러나 원인을 모르고 치료할 수 없다고 했다. 의학으로 불가능하다는 현실을 받아들여야 하는 걸까. '어떻게 나에게 이런 일이?' 점자를 배워야겠다는 각오를 했다. 하염없이 흐르는 눈물을 훔치며 딸의 손을 의지해 병원을 나섰다. 절박한 눈물의 기도로 매달렸다. 약 복용과 침 치료도 받았다. 무엇에 의한 어떤 효과였을까?

두 달 후 검은 철판이 군데군데 얇게 벗겨지기 시작했다. 깜깜한 터널 끝에 환한 빛이 보이는 것이 아닌가. 치료의 능력이 나에게 빛을 선사했다. 기뻐하는 마음이 채 식기도 전, 일 년 후 왼쪽 눈에도 똑같은 증상이 나타났다. 같은 치료를 시도했지만, 시신경이 마비되었다. 어렴풋한 형체만 보일 뿐 큰 글자도 보이지 않았다. 생활하기에 불편은 없지만, 왼쪽 시력이 나오지 않았다.

그 결과로 2년마다 운전면허 실기시험을 치르게 되었다. 신체적인 불편함을 통해 성숙한 깨달음을 갖는다. 자신과 남을 긍휼히 여기는 자세를 배운 게 아닐지. 낮은 곳에서 얻어지는 기쁨을 선물 받은 듯하다. 감사하는 마음으로 세상을 바라본다. 버거운 삶의 무게를 감당할 힘을 얻는다.

　다시 도전이다. 운전 실기시험을 보는 날 아침에 여유 있게 출발한다. 질서 있게 서 있는 긴 행렬이 보인다. 주차장에는 차를 세울 공간이 없다. 가까운 동네의 빈 곳을 찾아 차를 세운 뒤 뛴다. 긴장한 탓인지 배가 아프고 장이 예민한 반응을 보인다. 급하게 찾은 화장실 앞줄도 길다. 마음을 다스리며 감사하는 마음으로. 초심으로 침착하게 시험에 응한다.

　합격! 5개월 만에 시험을 통과한다. 스스로 삶을 운전할 기회가 연장된다. 나 스스로 달릴 수 있는 자유를 얻는다. 남은 생의 운전대는 주님께 의탁한다고 할까. 돌아오는 길에 고속도로(freeway)를 달린다. 곧게 뻗은 길에서 불어오는 바람이 한층 시원하다.

부뚜막에 걸린 주머니

내 어릴 적의 부엌 부뚜막 위에는 헝겊 주머니가 걸려 있었다. 어머니는 쌀을 씻기 전, 쌀 분량의 1/10을 떼어 주머니에 담았다. 가족을 위해 기도하면서 정성을 기울였고 끼니마다 주머니 속에 쌀이 소복이 쌓여갔다.

일요일에 교회 종소리가 울리면 어머니는 곱게 단장을 하셨다. 한 손에는 성경 찬송가, 다른 한 손엔 쌀 주머니가 들려 있었다. 예배를 드리기 전 정성껏 그 주머니를 교회 제단에 봉헌하셨다. 쌀이 들어있는 헝겊 주머니는 '성미'라는 이름으로 불렸다. 요사인 생소한 이름이 되었지만, 여인이 경제 능력이 없던 옛날에 아낙네가 십일조를 드렸던 방법이었다. 여자 성도는 하나님의 은혜에 보답하려고 밥을 지을 때마다 쌀을 몇 줌씩 모아 주일 제단에 바쳤다. 이제는 사라졌지만, 한국 교회에서 소중하게 기억되는 물건 중 하나이다.

1968년 9월 서울 관악구 난곡동 철거민촌에서 젊은 신학 대학생은 나무 십자가를 꽂고 찬송가를 불렀다. 찬송 소리를 듣고 몰려온 15명의 초등학교 어린이로 교회가 출발한 것이다. 시내에서 난민촌으로 밀려온 학생들은 다니던 학교에 갈 수 없었다. 젊은 전도사는 그들에게 야간학교를 열어 배움의 터전을 마련해 주었다. 학업을 계속할 수 있기에 많은 학생이 모였고 즐거운 활동의 장소가 되었다. 신앙을 통해 앞날을 개척하는 배움의 터전이 된 셈이다. 어느 날 연고가 없는 학생의 아버지가 돌아가셨는데 교회에서 주관하여 장례를 해준 것이 계기가 되어 동네 어른이 교회에 참석하기 시작했다. 교회 성장의 출발이라고 할까. 그 당시 주민들은 불도저로 밀어 놓은 황량한 벌판에 천막을 치고 아무런 시설을 갖추지 않은 상태에서 생활했다.

처음 한 달 동안은 신문지를 깔고 예배를 드렸지만, 날씨가 싸늘해지자 예배드릴 처소가 필요했다. 그때 젊은 전도사와 사모는 결혼반지를 팔고 그 돈을 헌금하여 두 필지 16평을 살 수 있었다. 제1 성전을 마련한 교우들은 신앙을 통해 힘찬 삶을 걸으며 역동적인 기적을 이루어냈다. 그 후 세월이 가며 제2 성전, 제3 성전, 제4 성전의 완공과 더불어 놀라운 복음의 역사가 일어났다.

교회 목사님은 사례비로 성미를 통해 식비를 충당하셨다. 사모님은 교인의 정성을 어루만지며 쌀을 씻었고 교우의 영, 육 건강을 위해 주님께 아뢰었다. 그리곤 알뜰하게 절약하여 성미를 남겼다. 모은 성미를 큰 자루에 따로 담아 보관했다.

며칠 후, 사모님은 그 쌀자루를 머리에 이고 어디론가 발걸음을 재촉했다. 끼니도 해결하기 어려운 신학생의 집 부엌에 살그머니 내려놓았다. 그뿐 아니라 여러 가난한 가정을 차례로 방문하며 쌀자루를 놓고 왔다. 그 쌀은 어려운 가정 경제에 보탬이 되었다. 사모님의 손길을 통해 구호미, 장학미로 쓰인 것이다. 성미는 귀하고 아름다운 쌀의 역할을 했다. 한 줌 한 줌의 쌀이 모여 교우의 어려움을 나누었다. 사랑을 나눈 성미 주머니이기에 의미가 컸다.

창립 50주년을 맞이했다. 반세기 후, 홈커밍데이(Home Coming Day)가 마련됐다. 예전의 그 어린이들이 흰 머리의 면류관을 쓴 채 다시 한자리에 모였다. 놀라운 은혜와 축복이 증거되고 나누는 잔치 자리가 베풀어졌다.

믿음으로 극복한 어려웠던 시절을 떠올리는 시간이었다. 많은 분의 간증이 쏟아졌다. "가난했던 그 시절, 난 사모님이 몰래 놓고 가신 그 성미를 먹고 자랐어요. 오늘의 나를 있게 했지요. 저를 잘 키워주셔서 감사합니다."

"우리 집에 쌀이 떨어질 때쯤 되면 사모님은 어떻게 아셨는지 성미 자루를 이고 오셨어요."

그 성미를 먹고 자란 어린이 중에서 많은 주의 일꾼이 배출되었다는 사실을 알게 되었다.

쌀 '미(米)' 대신 아름다운 '미(美)'로 써야 함이 좋을 듯싶다. 성스럽고 아름다운 쌀이다. 나눔은 기적을 낳았다. 부뚜막에 걸렸던 주머니는 내 마음에 감사의 증표로 새겨져 있다.

무엇에 감사하는가?

빵 한 조각을 앞에 놓고 감사하는 주름 잡힌 손에 눈길이 간다. 가족이 둘러앉아 소박한 밥상 앞에서 고개 숙인 모습이 경건하게 다가오는 계절이다.

추수감사절에 정성을 기울여 터키를 굽는다. 누리끼리 구워진 칠면조의 고소한 내음에 긴장하며 살아왔던 마음이 평안하게 녹아내리는 것 같다. 지나온 일 년을 되돌아보며 오늘 내가 여기 있음을 감사로 고백한다. 가족, 건강, 직장, 이제껏 받은 축복, 값없이 주어진 것들이 감사하는 이유일까? 물론 감사의 조건으로 부족함이 없다. 반면 어떤 상황, 어려움 가운데 있을지라도 감사할 수 있느냐고 나에게 묻는다. 범사에 감사한다는 것이 참되고 성숙한 감사임을 알지만 '범사'라는 단어 앞에 숨을 한번 가다듬어 본다.

아픔을 감사로 이겨냈던 지난날을 떠올린다. 맨손으로 로스앤젤레스에 도착한 이민 초기의 재산은 큰 이민 가방뿐이었다. 친정의 도움으로 가든그로브에 집 한 채를 마련하여 작은 규모의 어린이집(Family Day Care)을 열었다. 첫 출발이었기에 몸을 아끼지 않고 최선을 다했다. 학부모의 관심과 호응으로 6개월 만에 정원수를 훌쩍 넘겼다. 제한된 공간에 허락된 주인가(State Licensed) 인원수를 초과하게 되어 걱정스러웠다. 더 많은 인원수를 허가받으려면 주민공청회를 통과해야 하는데, 협회가 조직되어 있는 조용한 주택지이기에 불가능하리라 판단했다. 어떻게 시도해야 하나? 망설이며 다른 방법을 찾아야 하는지를 고민하고 있었다.

추수감사절 연휴 바로 전날, 검사관(Inspector)이 예고 없이 들이닥쳤다. 걱정하던 대로 인원수가 정원을 넘었기에 지적(Citation)받았다. 인원수를 줄여야 했다. 잘 적응해 다니고 있는 어린이 몇 명을 강제로 퇴원시켜야 하므로 앞이 캄캄했다. 사면이 막힌 깜깜한 공간에 갇힌 상태에서 애써 마음을 추스르고 침착하려 했다. 일을 시작하게 하신 분이 걸음을 인도해 이루게 해주리라고. 학부모에게 양해를 구하고 문제를 해결할 수 있었지만 새로운 과제가 생겼다. 마음 놓고 많은 어린이를 양육하고 교육할 수 있는 더 넓은 장소가 필요했다. 현실적으로 불가능한 일인데.

큰 계획을 안고 시작했는데 여기서 주저앉을 수는 없다. 감사절 휴가 내내 '이 상황에서 무엇을 감사해야 합니까?'라고 기도했다. 불평하지 말자. 감사할 조건을 찾기에 골몰했다.

내 능력 밖의 일로 길이 보이지 않는 막막한 상황임에도. 해결책이 어디에 있는지 모르는 채 감사하기로 했다. 지금까지 인도해주신 그분의 능력을 믿을 뿐이었다.

감사절이 지난 후, 미처 내가 예상치 못했던 놀라운 길이 열렸다. 애너하임 지역에 큰 규모의 어린이학교(Day Care Center)를 찾게 해주셨다. 은퇴하는 백인 주인의 친절을 통해 순조롭게 인수했다. 상상할 수 없는 일이었다. 오직 전능자가 주신 지혜와 은혜를 통해서 이루어진 결과였다.

이듬해 1993년 3월부터 정식 주 정부인가를 받아 운영하는 기적을 맛보았다. 넓은 새 장소에서 많은 어린이가 마음껏 성장할 수 있었다. 전화위복이 되었다는 것을 뒤늦게 깨달았다. 큰 산을 넘어 형통한 대로를 준비해 주신 것이다. 어려움 가운데에서의 감사가 진정한 감사를 태어나게 했음을.

받은 혜택에 보답하기 위해 운영시간을 전후로 한 시간씩 연장했다. 토요일에도 일하는 부모를 위해 한글과 예능 교실을 열었다. 엄마가 출근하며 내려준 어린이를 아침을 먹인 후 학교에 데려다주고, 방과 후 데리고 와 숙제 지도까지 하는 Before, After School 프로그램을 제공했다. 결과 큰 규모의 다민족학교로 성장하여 해마다 100명의 어린이를 교육하며 많은 졸업생을 배출했다. 작은 묘목이 아름드리나무로 성장하듯이. 자라온 환경과 언어, 음식, 문화가 다른 타민족 어린이를 불평이나 사고 없이 양육했다는 것이 얼마나 고마운 일인지. 30년이 지났어도 여전히 나에겐 아찔한 체험으로 남아 있다. 살아있는 감사의 증거로 말이다.

일을 내려놓을 시기가 되니 우리 부부 몸의 여러 기관이 닳아진 나사처럼 고장이 났다. 앞에 펼쳐진 현실은 녹록하지 않다. 이제부터 녹슨 부품들을 윤활유를 치고 다시 맞추어 재가동하리라. 오히려 아픈 사람을 위로하고 감사로 초점을 맞추면서. 기억 속에서 소중한 '감사'를 꺼내 반추해 본다.

금메달의 땀

떠나는 여름이 기승을 부린다. 더위가 절정에 올라 수은주가 화씨 95도를 넘나든다. 노동절 연휴 아침 교외의 넓은 축구 경기장으로 향한다. 손녀가 Labor Day Tournament의 결승전 경기를 하기 때문이다. 말할 나위 없이 손주의 행사는 가족 순위에서 첫 번째다. 우리 내외는 넓은 챙 모자를 쓰고 얼음이 든 물통을 들고 손녀를 응원하기 위해 차로 달린다.

손녀는 아직 응석을 부릴 나이로 열 살, 초등학교 5학년이다. 가늘고 연약해 보여 늘 마음이 쓰였던 꼬마가 부쩍 커서 이제 내 어깨를 견준다. 발도 자라서 내 발보다 훨씬 길쭉하다. 자라는 속도가 빠른 탓일까. 운동장에서 공을 차고 뛰는 탓에 운동화는 금방 닳아 낡아져 일 년에도 몇 차례씩 새 신발로 바꿔줘야 한단다. 나를 포옹하는 어깨가 제법 넓어지고 단단하여 대견스럽다.

Kindergarten부터 발레 대신 약한 체력을 증진하기 위해 오빠를 따라 시작한 축구다. 처음엔 공을 따라 달려가는 것도 벅차고 공을 상대방에게 패스하는 방법도 몰라 절절 매었는데 이제는 멋지게 경기하다니 얼마나 놀라운 일인지. 훈련과 연습을 거쳐 발전을 거듭해

온 것이다, 작은 여자아이가 뙤약볕 아래에서 피부는 숯덩이처럼 타서 반들반들 빛나고, 땀을 흘리며 필드를 달린다. 자기 위치에서 상대편 공을 방어하며 공격할 수 있도록 연결하는 역할을 한다.

초등학교 저학년 여자 어린이로 구성된 팀으로 토너먼트에서 승리에 승리를 거듭한 결과 결승전까지 진출했다. 두 팀의 실력은 겨루기 어려울 정도로 팽팽하다. 여러 번의 좋은 기회를 놓치고 골을 넣지 못한 채 열전을 펼친다. 더위에도 아랑곳하지 않고 손에 땀이 나게 한다. 머리에 찬물을 끼얹으며 뛰는 아이도 있다. 우렁찬 부모의 응원 소리가 경기장을 꽉 채운다. 전반전과 후반전이 모두 아쉽게 흐른 채로 무승부다. 연장전으로 이어져 선수들은 전력을 다해 집중한다. 지치지 않고 최선을 다하는 경기를 보며 가슴이 콩닥콩닥 뛴다.

그동안 손녀는 새로운 분야를 도전하며 남과 더불어 팀워크 하는 방법을 배웠다. 한 골을 만들기 위해 서로의 호흡을 맞추어 건네주고 뛰며 목표를 향했다. 축구는 뛰어난 개인 능력이 돋보이는 경기가 아니라 팀워크를 통해 배울 수 있다는 점이 중요하다. 어릴 적 우리가 많은 형제 틈에서 자연스럽게 배우던 양보와 협력을 이곳에서 배울 수 있다. 서로 패스하여 골을 만드는 전략이 축구의 매력이 아닐까 싶다.

덥든 춥든 날씨에 관여치 않고, 일상을 훈련하며 고달픈 도전을 계속했다. 연습을 통해 자신에게 부족한 면을 숙달시키고 동작을 반복하여 집중적으로 보완했다. 훈련은 선수가 기술을 효과적으로 발휘할 수 있도록 노력하는 것으로 집중력과 긴장감이 최고에 달한다. 이런 연습과 훈련이 선수를 강하고 하고 경기력 향상을 가져온다는 것이 당연하다. 더불어 부단한 노력을 통해 그 아이가 목적에 골인하며 살아가길 바란다.

언젠가 경기에 졌다고 슬퍼할 때도 있었다. 꼬마 선수는 눈물을 닦으며 포기하지 않고 다시 일어나 달렸다. 실패에 강하게 다져지며 탄력 있는 회복으로 끊임없는 성장을 가져온 결과라 할까. 앞에 놓인 장애물을 스스로 헤쳐 나가는 노력의 결실을 기대해 본다. 고생하는 손녀가 안쓰러워 인제 그만하라고 말한 내가 부끄러워진다.

몇 분 후 손녀가 패스한 공을 다른 선수가 이어받아 골대를 향해 힘차게 찼다. 공이 골대 깊숙이 파고들었다. 끝내 힘차게 뻗은 발밑의 공은 골대 안으로 파고들어 환희의 골을 얻어냈다. 우아! 한 골을 얻는다. 경기 종료 호루라기가 울리며 1대 0으로 우승한다. 마침내 금메달을 걸머진 것이다.

땀을 흘리고 의지로 다진 값진 성취다. 거저 되는 것은 없다. 노력한 만큼의 결과라는 것을 할머니인 나는 잘 알고 있다. 학교가 끝난 후 숙제를 부지런히 마치고 일주일에 두 번씩 연습장으로 간다. 춥든 덥든 날씨와 기후에 상관하지 않고 뛰어야 한다. 주말엔 먼 거리 경기에도 출전한다. 쉬는 날에도 축구를 위해 온 가족이 시간과 열정을 바치는 중요한 행사가 된 탓이 아닐까.

'세상에 공짜는 없다. 눈물과 땀은 거짓말을 하지 않는다.' 금메달리스트의 눈물을 TV 인터뷰에서 본 적이 있다. 반드시 대가를 치러야 한다는 교훈을 되뇐다. 빈약한 신체적 어려움을 이겨내고 실력을 키운 손녀가 자랑스럽다. 금메달을 목에 걸고 우승컵을 높이 쳐드는 선수들에게 힘찬 박수를 보낸다. 나는 금메달보다 더 큰 감동을 목에 건다.

영상으로 떠나보낸 어머니

어머니가 갑자기 쓰러지셨다. 구순 생일에도 건강하고 고우셔서 수년은 더 사실 거라고 장담했던 때가 속절없다. 갑작스러운 뇌졸중으로 응급실로 들어갔고 병원을 거쳐 양로병원에서 안정을 찾으며 회복을 기대했다.

불과 40일 후 코로나바이러스로 사회적 거리 두기가 시행됐다. 감염에 취약한 양로병원이 폐쇄됐다. 안전 수칙을 위한 정부의 시책에 순응했다. 마비상태로 몸을 못 움직이고 음식을 혼자 못 드시는 상황에서 애가 탔지만 인내해야 했다. 몸무게가 준다는 소식에 음식을 준비해 가도 반입이 거절됐다. 간호사를 통해 전화로 이야기를 전했다. 말씀을 못하시니 "으응" 목소리를 듣는 것으로 만족해야 했다. 단절된 공간에 혼자 남겨져 얼마나 외로우셨을까? 행여나 우리가 올까? 기다리셨을 텐데. 집으로 모셔오지 못하는 죄책감이 날 짓눌렀다.

치매기에 인지력이 저하되셨는데도 상황을 아셨을까? 양로병원을 폐쇄한 지 6주 만에 숟가락을 놓으셨다. 아니 숟가락을 드실 기력이 없었을 것이다. 간호사는 음식을 삼키는 방법도 잊히고 기능이 마비된다고 했다. 매일 밤 전화기를 켠 채 머리맡에 놓고 잤다. 5월 첫

날 새벽 다섯 시에 전화벨이 울렸다. 소식을 듣고 뛰어갔을 때는 이미 세상의 미련을 내려놓고 본향으로 떠나신 후였다. 병원장에게 간청하여 간신히 병실에 들어갈 수 있었다. 침대 위에 주무시듯 누워계신 모습이 어머니와 마지막 대면이다. 옆 할머니도 모르셨다고 한다. 평화스럽게 하나님의 부르심에 응하셨다. 내가 큰 소리로 불러도 대답이 없으셨다. 흘러내리는 눈물을 주체할 수 없어 "미안해요. 엄마!"만을 반복했다. 떠나시는 곁에서 손을 잡아주지 못한 것이 못내 마음이 아팠다.

장례식도 열 명으로 제한되어 가족조차 다 참석할 수 없다. 한국 가족은 2주 격리 기간 때문에 참석할 엄두도 못 낸 채 아들, 딸 두 명만 힘겨운 발걸음을 떼어 왔다. 가시는 길을 아름답게 배웅하고 싶었는데. 슬픔을 꿀꺽 삼키며 옷장에서 입고 가실 가장 멋있는 옷을 꺼냈다. 앨범을 꺼내 추억을 비디오로 담았다. 기도는 아들, 메시지는 사위가 맡고 어머니가 평소에 좋아하던 찬송가도 골랐다. 송별 인사는 손주들, 환송 축가는 손자, 특별 연주는 증손들이 준비했다. 우리 집에서 천국 환송 예배를 드리기로 했다.

가족과 친지에게 알렸고 많은 분이 영상으로 참석하여 예배를 드렸다. 예배 실황을 화상 줌을 통해 중계했다. 스크린에 모습이 조각조각 떠 큰 화면을 채웠다. 각 가정에서 연결해 기도하는 마음으로 어머니를 배웅했다. 먼 거리였지만 더 집중할 수 있었다. 생전 처음 겪는 새로운 형태의 장례식이다. 한국과 미국 식구가 하나 되어 어머니를 추모했다. 영원한 사랑으로 가슴에 남기며 간직했다. 못다 한 마음을 차분히 정리하는 시간이 되었다.

예배를 마친 저녁 식사 후 가족과 감사하며 친목을 나누는 시간에 내가 다리를 헛짚어 넘어졌다. 곧 괜찮아지리라고 생각했는데 오른쪽 다리를 움직일 수 없었다. 내일 장지를 가기 위해 참으려 했지만, 점점 통증이 심해졌다. 가족들의 권유로 앰뷸런스에 실려 응급실로 갔고 엑스레이를 찍은 결과 골반 골절이라는 어처구니없는 일이 생겼다. 다음 날 새벽에 골반에 핀 세 개를 박는 수술을 받아 장지에 참석하지 못하는 불효를 저질렀다.

어머니를 환송하는 날, Hollywood Forest Lawn 장지에서 Viewing은 다섯 명, 야외 하관 예배는 열 명밖에 참석할 수 없다. 코로나 사회적 거리두기에 의한 새로운 규제였다. 영상 채팅으로 중계해 가족과 친지가 동시에 나누어야 했다. 친지를 모시지 못해 아쉬움이 컸지만, 기도와 메시지로 함께 할 수 있었기에 충분한 위로가 되었다. 나는 병실 침대에 누워 전화기의 화상채팅으로 어머니를 배웅한다.

평화로운 잔디에 사슴도 방문한다. 빨간 장미꽃으로 장식한 관 속에 어머니가 누워 계신다.

아기처럼 하나님 품에 폭 안기신다. 모든 가족은 잊지 못할 사랑을 간직하며 헌화한다. 이제 하나님 품에서 편히 쉬세요. 다시 만나는 날까지 먼저 가신 아버지, 아들과 행복하세요.

어머니께서 사진 속에서 환하게 웃고 계신다. 외롭지 않게 가시는 뒷모습을 본다. 묘지 너머 푸른 하늘에 어머니의 미소가 떠 있다.

어머니의 홍시

봄비가 내렸다. 예년과 다르게 메말랐던 남가주가 촉촉하다. 죽은 듯 보였던 나뭇가지는 연한 순을 틔우며 숨을 고르고 내면에 잠재했던 힘으로 더욱더 세게 물을 빨아올린다. 빗방울이 영롱하게 튕기는 이파리는 진초록으로 성장하여 꽃을 피우고, 작은 꽃일지라도 생명을 잉태하고 품었던 진액을 전달하여 열매를 맺는다. 햇볕과 바람에 힘입어 풍성한 결실을 가져오기까지 꽃과 꽃 사이를 부지런히 다니며 수분(受粉)을 도운 벌이 큰 몫을 했을 터이다.

'열매를 맺는다'는 영어로 'bear fruit'으로 표현한다. 'bear'는 견디다, 전달하다, 맺는다는 뜻이다. 우리의 노력이 성과를 낸다는 의미로 아무리 힘들고 고통스러운 일이라도 시간이 지나가면 언젠가는 그 보람된 결과를 볼 수 있다. 성장 과정이 고통스럽고 힘들수록 그 과실은 맛이 있다는 사실이 더욱 소중하게 다가온다. 어머니는 다섯 그루의 나무를 심고 어려운 생활 가운데에서 정성스러운 손길로 길러내 귀한 열매를 맺었다.

평범한 공무원의 아내였던 어머니는 아버지가 은퇴하신 후 생활 전선에 뛰어들었다. 처음엔 경영하는 포목점 사업이 성공하여 넉넉하게 자녀교육을 뒷받침했지만, 몇 차례 이어진 아버지의 사업 실패로 물질적인 어려움을 겪을 수밖에 없었다. 학자금 융자도 없던 시절이기에 다섯 명의 교육비는 큰 액수였다. 그 교육비를 마련하기 위해 대학교 앞에 있던 우리 집을 활용하여 하숙을 쳤다. 지방에서 유학온 학생에게 방과 이부자리를 제공하고 끼마다 식사를 준비하며 몸을 아끼지 않았다. 보일러 시설이 제대로 되어 있지 않던 때라 방마다 시간을 맞추어 연탄을 갈아야 했고, 다른 식성을 가진 학생의 반찬을 만들기 위해 매일 시장을 내 집처럼 드나들곤 했다. 고향에 계신 엄마 역할까지 하며 여러 학생을 돌보는 것은 여간 힘든 일이 아니었다. 그 헌신으로 우리 오 남매는 원하는 대학교에서 각자의 목표를 이룰 수 있었다.

우리 집 뜰의 과실수가 각기 개성을 가지고 나름의 모습으로 충실하게 자라고 있다. 우리 형제들이 자신이 받은 달란트로 소임을 다하듯이. 나뭇가지가 휘도록 주렁주렁 달린 대추가 붉은빛을 더해간다. 하얀 꽃의 달콤한 향내로 집 안 공기를 흔들던 오렌지는 탱글탱글 속살이 익어간다. 구아바는 자신이 함유한 효능을 자랑하며 굵어가고 감귤은 깜찍한 귀요미로 눈길을 끈다. 돌돌 말린 노란 별꽃에서 작은 감이 열리더니 아기 손톱만 한 크기에서 주먹만큼 둥그렇게 차올라 마침내는 알갱이가 누렇게 영글어 간다. 주황빛이 온 집안에 꽉차면 어머니는 가족을 불러 만추의 기쁨을 나누셨다. 증손주까지 함께 모여 웃으며 우리는 누런 감을 한 아름씩 안았다.

어머니와 이별한 지 100일이 훌쩍 지나간다. 나는 넘어져 골반골절 수술을 받은 넉 달 후 침대에서 일어나 워커에 의지해 걸음마를 뗀다. 한 발씩 걸음을 배우는 시간에 나는 많은 것을 깨닫는다. 일찍이 한 살배기인 내가 걸음마를 뗄 때는 모습을 보며 흐뭇했을 어머니가 떠오른다. 대견해하며 힘들었던 수고를 잊으셨을 텐데. 어머니의 사랑과 희생 어린 양육으로 자라나서 독립했던 내 성장 과정을 되돌아본다.

어느 날 어머니에게 찾아온 우울증과 치매로 인해 내가 겪었던 '엄마 앓이'가 가슴에 맺힌다. 어머니는 똑같은 말씀만 반복하시고 때론 슬퍼하며 감정이 격해지곤 하셨다. 그땐 어머니가 변하는 모습이 당황스럽고 힘들게만 느껴졌는데. 이해하는 머리와 애석해하는 가슴과 실천하는 행동이 일치하지 못했던 내가 죄송스럽다. 못다 한 보살핌이 후회스럽고 한으로 남는다.

어머니는 홍시를 좋아하셨다. 감을 따서 상자 속에 보관하면 시간이 지나며 고생하며 단단해진 근육이 풀리는 것처럼 딱딱하던 감이 노글노글해졌다. 혀끝에 닿는 달콤한 맛은 어머니의 마음을 사로잡았다. 부드러운 촉감에 녹아들어 안정을 얻었는지 말랑말랑하게 익혀두고 하나씩 꺼내 드셨다. 익어가는 감을 보며 주황빛보다 더 밝게 웃는 어머니의 모습을 그려본다.

햇볕이 따갑다. 서늘한 바람이 불어오면 과일은 피부에 윤택을 더하며 빛날 것이다. 추운 계절을 지나 봄여름을 견디어 과실을 맺는 감나무처럼 우리도 수확할 날이 오리라. 나에게 오늘이 있도록 베풀어 주신 어머니께 감사하며 받은 은혜를 가족과 나눌 기대에 마음이 부풀어오른다. 어머니의 웃음이 감나무에 매달려 뜰에 가득 찬다.

투석

피하고 싶었다. 의사의 권면에 마지막 경고까지 견디었는데 더는 위험하다고 했다. 식이요법만으론 한계에 이른 것이다.

남편의 43년 외길 목회자의 삶이 긴장과 고난의 길이었던가? 한 국전쟁 시 갓난이로 엄마 등에 업혀 남하해 시골 목회자의 아들로 힘겹게 성장했다. 공부하고 싶다는 학구열 하나로 서울로 상경하여 부실했던 기초체력을 뛰어넘어 아르바이트로 학업을 이어갔다. 신 학대학을 졸업한 형이 서울 철거민촌에 설립한 교회를 함께 섬기며 젊은 시절을 헌신했다. 부흥되고 안정된 모 교회를 떠나서 낯선 땅에 이민 교회를 개척하며 71년을 견디다 보니 몸의 부속도 고장날만하 다. 태평양을 건너며 거센 파도에 밀려 모서리가 닳아지고 생채기 난 조개껍데기처럼.

그는 대장암 수술과 항암치료를 잘 이겨냈다. 당뇨라는 늪 속에서 좋아하는 음식까지 절제했건만 신장의 기능이 약해졌다. 의사는 신 장은 치료 방법이 없다고 했다. 회복할 가능성이 없어 최후의 방법을 따라야만 했다.

혈액 신장투석을 받는다. 심장에서 나온 두 갈래 줄이 기계에 주렁주렁 달려 연결되어 있다. 한쪽 줄에서 붉은 혈액을 뽑아낸다. 심장 속 뜨거운 열기는 기계속에서 정화되어 차가워진 채 인공 박동으로 다시 몸속 제자리를 찾아 들어간다. 세 시간 동안 순환을 반복하며 신장에서 미처 거르지 못한 노폐물과 독소를 정화한다. 혈액이 몸 밖으로 외출한 후 돌아온 탓인지 온몸이 춥다. 혈압이 내려가고 어지럽다.

투석을 받고 난 첫날에 남편은 토하고 혈관의 피가 멈추지 않고 흘러 응급실을 찾았다. 지혈 주사를 맞고 처치를 받으며 긴장된 마음을 늦추지 못했다. 뚜렷한 원인도 찾지 못하면서. 놀라운 의학기술의 혜택을 받음에도 몸은 적응 기간이 필요한 탓인가 보다.

일상이 바뀌어 일주일에 세 번씩 겪어야 한다니 마음이 편치 않다. 그동안 곁에서 몸 상태를 조절하지 못한 죄의식이 내 마음을 아프게 좁여온다. 기계 속 혈액의 회전처럼 많은 생각으로 머릿속도 어지럽다. 새 임무가 기계의 무게만큼 묵직하게 나에게 다가온다.

우리 몸 좌우 양쪽에 있는 콩팥 즉 신장이 혈액 속의 노폐물을 걸러내어 소변으로 배출시키고 혈액 속 농도와 혈압을 조절하는 기능을 한다. 신장이 제 역할을 못하면 노폐물이 몸에 쌓이게 되므로 피를 뽑아 그 속의 찌꺼기와 필요 없는 수분을 걸러서 깨끗해진 피를 다시 몸속에 넣는다. 기계가 병든 콩팥을 대신하는 치료 방법인 셈이다.

이른 아침에 "굿모닝" 인사하며 두꺼운 옷과 담요를 넣은 큰 가방을 들고 환자들이 출근한다. 휠체어에 앉아 도움을 받는 사람도 있지만, 분위기는 밝다. 부지런하게 움직이는 간호사의 손길만큼 활기차다. 환자들은 누워 쉬고, 음악을 듣거나, TV를 보며 나름의 평범한 일상 모습으로 비친다. 평안한 모습을 보며 나의 마음가짐도 바뀌어간다. 습득하는 지식도 넓어진다. 먼저 발전된 의료 혜택에 감사하자고 되뇐다. 신체의 한 기능이 약해졌지만, 기계가 도울 수 있다니 예전엔 상상이나 할 수 있었겠는가. 삶의 질을 개선하는 시작임을 인정하고 노폐물이 여과되어 깨끗한 피를 형성함에 새롭게 거듭나는 은혜를 느껴본다.

내 속내에도 투석이 필요하지 않을까? 평생 도전과 부딪혀 살아오며 쌓인 노폐물이 무척 많을 것이다. 앞으로만 달리며 알지 못하게 생겨 엉킨 배설물을 생각지 못했다. 오염된 생각과 의식, 생활 습관과 행동의 정화가 필요하다. 여과 없이 쏟아낸 말, 역시 남에게 얼마나 큰 상처를 주었을까? 이루어진 화려한 성취 뒤에 숨겨진 더러운 찌꺼기를 정화하는 투석이 필요함을 깨닫는다. 성찰과 참회의 투석액을 넣어 내 속 깊숙이 쌓인 죄의 요소를 걸러내자. 쉼 없이 돌아가는 기계 앞에서 숙연한 기도를 드린다.

사랑의 릴레이(Meal Train)

조심스러운 딸의 말에 내 귀를 의심했다. 알레르기 테스트를 하는 중에 생각지도 않았던 유방암이 발견되었다고 했다. 내 눈에는 아직 어린아이건만 가정을 꾸려나가는 모습이 애처롭고 한편 대견했는데. 어느덧 마흔이 넘어 이제 몸에도 이상이 생겼나 보다. 소식을 듣는 순간 숨을 제대로 쉴 수 없는 아픔이 밀려왔다. 엄마에게 딸이란 어떤 존재인가? 아끼던 소중한 것을 빼앗긴 마음이었다.

여러 검사를 한 후 마음을 졸이며 결과를 기다렸다. '주님, 제발!' 내 마음은 계속 주님을 불렀다. 떼어낸 네 군데 조직 중 오른쪽 한 군데에서 딱딱한 것이 잡혔다고 하더니 몇 주 후, 유방암 1기이고 유전인자는 없다는 결과가 나왔다. 여러 의사와 면담한 후 시술과 치료 방법이 결정되었다. 오른쪽 가슴을 6cm 정도 도려내고, 등 근육과 지방을 잘라 그 속에 넣는 수술을 한다고 했다. 다행스럽게 림프에는 전이되지 않아 항암치료는 받지 않아도 된다고 하니 안도의 숨을 내쉴 수 있었다.

딸의 소식을 들은 친구들이 위로의 꽃과 메시지를 보내주었다. 평소에 남을 잘 보살피던 그녀의 성품 때문인지 많은 지인이 관심을 보이며 마음과 성의를 보여주었다.

딸은 평소에 어린이학교에서 다른 선생님을 도와줄 뿐 아니라 궂은일도 도맡아 하며 원장인 나의 오른팔이 되어 주었다. 직장과 자녀 학교에서 현장 학습(Field Trip)을 하러 가면 부모가 못 따라온 아이를 챙겨주고 사진을 찍어 보내주며 봉사했다. 손주의 축구팀에서도 코치를 도와 '팀 마더(Team Mother)'로서 간식을 준비해 나누어주고 경기 중에 다친 아이를 돌봐주었다. 헌 물건을 모아 바자회를 열어 기부금을 마련하기도 했다. 소외된 어린이에게 특별한 관심과 친절을 베풀었다. 어렸을 때부터 딸은 남달랐다. 갓 이민 온 동급생의 숙제를 도와주며 시간을 뺏기는 모습에 나는 자신의 것을 챙기지 못하는 실속 없는 아이라고 걱정하기도 했다. 그렇게 배려심이 많고 남에게 베풀기 좋아하던 착한 딸에게 닥친 이 고난은 어떤 의미일까. 하나님의 뜻을 찾기보다 아픈 내 마음을 주체하기가 더 어려웠다.

수술을 앞두고 'Meal Train'이라는 웹사이트에서 놀라운 이야기를 알게 됐다. 친구와 친지가 매일 한 명씩 음식을 준비해 딸의 집에 배달해 주는 '사랑의 음식 배달' 플랜이었다. 손녀의 친구 엄마가 처음 시작했는데 사랑의 손길이 꼬리를 물고 이어졌다. 마치 컨테이너 상자와 상자로 이어진 기차가 터널을 통과하듯. 다음 날엔 다른 사람이 이어가는 릴레이를 한 달 보름 동안 한다는 것이다. 직접 음식을 준비하지 못하는 사람은 식당 선물카드를 보내주었다. 50명에 달하는 사람이 자원 등록했다는 소식에 가슴이 뭉클했다.

어떤 사람은 자신이 투병할 때 입었던 옷가지와 물건이 담긴 가방을 전해주고 경험담을 나누어주었다. 손자는 소속 축구팀원이 적은 '기도합니다!'라는 문구와 사인이 있는 축구공을 가져왔다. 엄마의 쾌유를 기원하며 하나의 공에 친구들이 각자 이름을 적어 마음을 모은 것이었다. 딸의 피아노 레슨 받는 제자는 '걱정하지 마시고 치료를 잘 받으세요!'라는 격려의 카드와 함께 휴강인데도 레슨비를 넣어 가져왔다고 했다. 사랑은 마음을 이어주는 물결이 되어 전파됐다. 기도와 물질로 돕는 모임이 만들어진 것이다. 남의 아픔을 나누고 베푸는 온정에 가슴이 따뜻해졌다. 보이지 않는 손길이 기적을 낳을 수 있음에 감사를 드렸다.

그 성원에 힘입어 딸은 '왜 나에게(Why me)?'라는 두려운 마음을 이겨내고 평안을 찾았다. 긍정적이고 확고한 믿음으로 새로운 목표도 품게 되었다. 첼로를 전공하고 음악 치료사가 되길 원해 한의학을 공부하던 딸은 아픈 이들과 함께 나눌 소중한 것을 체험했다. 이 어려운 과정을 이겨내며 더 단단한 삶을 이끄는 사람이 되리라 믿는다. 나무는 추운 날씨엔 세포벽이 두껍고 단단하게 만들어져 나이테를 형성하여 연륜을 쌓아간다. 성숙을 위한 지름길은 없다. 얼마나 강하게 자랄 것인가가 중요하다. 하나님은 마지막 그날에 모든 선한 일을 완성하실 것이기 때문이다.

그분의 계획

많은 일이 쓰나미처럼 몰려왔다. 새해를 맞이하며 남편의 목회 생활 43년을 마무리하는 은퇴 예배 날짜를 정했다. 그는 몸을 돌볼 겨를 없이 외길을 걸어왔기에 건강이 좋지 않았다. 그의 곁에서 남은 시간을 함께하기 위해 나도 은퇴를 생각했다.

어언 45년 세월을 어린이와 생활했다. 서울교육대학을 졸업한 갓 20대에 서울의 초등학교에서 교편을 잡았고, 이민 온 낯선 미국 땅에서 내가 할 수 있고, 하고 싶은 일은 어린이교육이었다. 이민 2세를 위한 교육기관을 설립하기로 했다. 목표에 충실한 결과 Happy Day Education Center를 거의 30년 동안 운영하며 많은 졸업생을 배출했다. 부족한 대로 삼십대의 젊은 열정을 쏟으며 도전하고 노력했다. 그 꽃이 피고 결실케 하는 하나님의 손길을 느끼며 머리를 숙였다.

이제 때가 왔음을 인식하며 중요한 결단을 해야 했다. 그동안 일궈 성장하며 인재를 길러낸 교육기관의 운영을 어떻게 해야 할까? 아이들의 웃음소리가 발목을 잡고 함께 일해온 교사들의 앞날이 걸림돌이 되어 마음이 편하지 않았다. 나 혼자만의 은퇴가 아님에 간단한 문제가 아니었다. 마무리하는 일이 시작보다 더 중요함을 깨달았다.

마지막 방법으로 빌딩과 비즈니스를 다른 사람에게 양도하기로 마음먹었다. 어린이와 선생님을 그대로 함께 인수하는 조건으로 세일리스트에 올렸다. 관심을 가진 여러 팀이 우리 센터를 방문했다. 그중 경험이 있고 교육에 사명감이 있는 분과 에스크로를 열었다.

3월 중순, 예상치 못한 비보가 세계를 흔들었다. 코로나바이러스 공포가 휘몰아쳐 자택격리 행정명령으로 일상생활을 마비시켰다. 어린이와의 생활이 깨졌다. 하루 앞을 내다볼 수 없는 상황이 되었고 한 달 동안 학교 문을 닫았다. 기다리는 마음 때문에 더 길게 느껴지는 탓인지 보고 싶은 얼굴이 오버랩 됐다. 폐쇄된 양로병원에 홀로 계신 어머니, 어린이, 친구, 교우, 동료와의 관계 단절이 힘들었다. 마음을 달래며 난생처음 겪는 재앙 대책 프로그램을 신청하고 아픈 눈을 자연으로 돌려보았다.

어김없이 찾아오는 봄의 소리를 들었다. 흙 사이에서 고개를 드는 연초록 어린이의 모습이 보였다. 한 달 후 용기를 내어 필수 직장의 부모를 위해 안전 수칙을 지키며 학교 문을 다시 열었다. "안녕하세요. 원장님, 저희 아이는 잘 있어요. 참 무서운 상황에도 사명감으로 아이를 가르쳐주고 또 선택의 여지가 없는 부모를 위해 학교를 열어주셔서 감사합니다."라며 힘을 보태는 메시지를 받았다. 교육자의 사명을 일깨워주는 부모가 눈물겹도록 고마웠다.

첫 학교에서 한 과정을 수료한 어린이를 졸업식 없이 떠나보내야 했다. 대신 사진을 모아 앨범으로 엮어 사랑과 정성을 담았다. 한 장씩 넘기는 페이지 속에 우리가 함께 즐거워했던 추억이 안겨있어 행복했다. 신뢰 속에서 소중한 자녀를 양육하고 교육할 수 있도록 기회를 준 학부모에게 감사드렸다.

계속되는 코로나 범유행으로 진행되던 에스크로가 취소됐다. 하나님의 뜻은 어디에 있을까? 내가 도피하려고 했던 것일까? 어려움에 직면하며 돌출 구와 해결책을 찾아봤다. 우리 3세를 위한 교육기관을 포기하지 말라는 것인지 여러 방면으로 궁리했지만, 내 능력의 한계를 느꼈다.

어찌 된 일인지 저번에 관심을 보이던 다른 구매자에게서 오퍼가 다시 들어왔다. 터무니없이 내려간 판매 액수 때문일까? 교육에 대한 사명감 때문일까? 결정하기 힘든 시기에 더는 망설일 수 없었다. 오퍼를 받아 에스크로를 다시 열었다. 지연되는 SBA 융자와 주 정부 새 라이선스를 취득하고 6개월 반 후 우여곡절 끝에 에스크로가 종결됐다. 지금까지 이끌고 이루어 주신 은혜를 감사하며 전능자의 손에 모든 것을 내려놓는다.

은퇴는 사명이 끝나는 것이 아니라는 깨우침을 갖는다. 사무엘이 은퇴 후 라마나욧 집으로 돌아가 '기도를 쉬는 죄를 짓지 않겠다.'고 했다. 그는 사역은 끝났으나 기도라고 하는 또 다른 사명을 수행했다. 그는 영적인 황혼이 아름다운 사람이다. 나에게도 제2의 인생에 준비된 라마나욧이 있지 않은가? 나에게 글이란 기도다. 글을 통하여 삶의 희로애락을 나누며 누군가를 위로하고 소통하고 싶다. 건강을 잃은 사람과 어려운 여건에서 힘든 시간을 보내는 사람이 있지 않은가. 가족과 이웃의 건강을 돌보며 글로 위로하는 것은 내게 주어진 사명이라 생각한다. 오늘도 나는 그분의 계획에 순응하고자 노력한다.

'미나리' 속 할머니

영화 '미나리'를 보았다. 1980년대 남부 아칸소 시골에 이민 온 가족의 이야기다. 아버지가 농장을 이룰 꿈을 갖고 캘리포니아로부터 이사하는 장면으로 스크린이 열린다. 허허벌판에 바퀴가 달린 트레일러 집에서 살게 된 부부는 병아리 감별사로 일하게 됐다. 학교가 없는 외딴곳이기에 손주를 돌보기 위해 한국에서 할머니도 오셨다.

할머니 역할을 배우 윤여정이 맡았다. 그녀는 아카데미상에서 여우조연상을 받아 훌륭한 연기력으로 명성을 얻었다. 영화를 보면서 내가 할머니여서 그런지 영화 속 그녀의 역할이 크게 다가왔다. 큰 가방에서 꺼내는 고춧가루와 멸치를 보니 30여 년 전 먼 나라 미국에 이민을 간 딸에 대한 그리움도 함께 비닐봉지에 꽁꽁 싸서 보내주던 친정엄마 생각이 났다. 한국에서 갓 온 할머니와 손자는 다른 문화로 인해 이질감을 느낄 수밖에 없었다. 정성껏 달인 보약을 쏟아버리고, 쿠키도 만들지 못하는 할머니 냄새가 싫다던 손자가 변하기 시작했다. 시간이 지날수록 그들의 거리는 좁아졌고 서로 동화되기 시작했다. 아들의 잘못된 행동을 훈육하기 위해 회초리를 가져오라는 아버지 앞에 부러진 나뭇가지와 가는 지푸라기를 내미는 손자의 위트를 바라보며 할머니는 몰래 미소를 지었다. 심장병을 앓아 뛰지 말라는 부모의 잔소리는 'strong boy'라는 할머니의 응원으로 바뀌었다. 격려는 아이를 걷게 했고, 달리게 했다. 할머니의 손을 잡고 야생화 핀 들판을 걷던 아이는 결국에는 신체장애를 극복하게 된다. 자연이 학교가 되고 할머니는 교사가 된 셈이다.

이불에 오줌을 싸던 허약한 꼬마는 꿈을 이루려는 아버지의 강한 열정과 어려움 가운데서도 포기하지 않고 가족을 지키려 했던 어머니의 사랑을 보며 자랐다. 어느 날 예상치 못했던 위기가 찾아왔다. 할머니의 실수로 창고에 화재가 발생하고 경작물을 모두 잃게 되었다. 손주는 죄책감으로 집을 나간 할머니를 찾아 헤매다 멀리 어둠 속을 허적허적 걸어가는 할머니에게 다가가 말없이 손을 잡았다. 어린 두 아이의 잔잔한 사랑이 손끝으로 흘렀다.

이민 2세로서 자신이 선택하지도 않은 환경에서 자라야 했던 정데이비드가 예일Yale대학을 졸업한 후 이 영화의 시나리오를 쓰고 감독을 맡았다. 남우 주인공과 프로듀서를 맡은 연 스티븐 또한 한인 2세이다. 한인 후세들이 마음을 모아 영화를 만들었다는 것에 의미를 두며 찬사를 보낸다. 이 영화는 2020 AFI어워즈에서 최고의 영화로 선정됐고, 골든글로브에서 최우수 외국어영화상을 받으며 한국 영화의 새 역사를 썼다.

외국 땅에 정착하는 고되고 아픈 생활을 '미나리'의 생존력으로 비유했다. 할머니가 한국에서 가지고 온 미나리 씨를 농장 물가에 심었다. 아무 곳에서나 자생하고 번식하는 미나리는 외국 땅에서 이민의 터전을 내림에 비유된다. 미나리는 심은 지 1년 후부터 잘 자라는 것처럼 우리의 후세들이 꿈을 내려 행복하게 가꾸어 갈 수 있으리라 기대한다. 몸으로 부딪치며 무에서 유를 창조했던 부모의 희생이 밑거름되어 터전이 든든히 다져졌기 때문이다.

나 역시 새벽부터 밤까지 30여 년간 달려온 이민 개척 생활이 힘들었다. 맨손으로 많은 것이 이루어졌다고 긴장이 풀리는 나이 쉰둘이 되던 해에 참기 어려운 고통이 밀려왔다. MRI 촬영 결과 자가 면역질환의 하나인 Devic's 병이었다. 척수 속에 알 수 없는 무언가가 척추를 둘러싼 신경을 공격하여 마비를 가져왔다. 눈과 오른쪽 몸에 마비 증상이 나타났고, 실명 위기와 휠체어를 타는 고난을 맞았다. 그때 첫 손자가 태어났다. 그 아이가 걸음마를 배울 때 나도 혼자 걷는 물리치료를 받았다. 넘어질 듯 걷는 손자를 따라가며 내 다리에 힘이 생기고 균형 있게 걸을 수 있었다. 손자의 성장을 보며 회복의 속도는 빨라졌다. 딸이 바쁜 시간엔 내 사무실에서 그를 돌보았다. 동화책을 읽어주고 그림도 그리고, 퍼즐, 비눗방울 등 다양한 활동으로 마음을 나누었다. 초등학생이 되어 우리 집에 오면 한글을 가르치고 한식을 만들어줬다. 올가을에 고등학교로 진학하는 손자는 여전히 "할머니가 만들어준 김치찌개가 my favorite food예요."라고 엄지를 든다.

십자가를 멘 'Cross Guy'가 길을 걷는다. 고통을 감수하는 인내의 길이다. 이민 개척의 길 또한 그랬다. 이민 3세인 우리 손자의 가슴에 나는 어떤 할머니로 남겨질까?

집이 주는 위로

'집의 편안함을 누리세요!'

'Enjoy the comforts of home!'이라는 문구가 눈길을 끈다. 신장투석 클리닉 벽에 붙어 있는 포스터다. 남편이 혈액투석을 시작한 지석 달을 지난다. 생전 처음 겪는 어려움에 긴장했지만 이제 몸속 기관들도 적응이 된 듯 피검사 결과가 더 좋아진다. 의사가 권하는 '신장 복막투석'이라는 시술 방법이 나에게 주어진 새로운 과제다.

복막투석(Peritoneal Dialysis)은 배 즉 복막에 튜브(Catheter)를 심는 수술을 하고, 투석액(포도당)을 넣어주면 농도가 높은 곳에서 낮은 곳으로 이동하는 삼투압 원리에 의해 몸속에 남았던 불순물이 걸러진다. 간단한 원리의 치료지만 신장의 기능을 대신해 준다. 새로운 지식을 접하며 시술을 발명하고 적용한 의료과학자에게 경이와 고마운 마음을 갖는다. 용기를 내 교육받고 자격증을 취득하기로 한다. 허들 경기에서 전속력으로 달려와 장애물을 넘었는데, 이번 차례는 말을 타고 넘어야 하는 코스에 와 있는 듯.

세 시간씩 열 번의 이론과 실기를 교육받는다. 청결을 철저히 유지하기 위해 마스크를 쓰고, 손을 닦고, 주변을 소독하고, 장갑을 끼고를 반복하며 집중해서 실습한다. 병균 감염이 되지 않도록 세심한 주의가 요구되므로 느끼고, 살피고, 안전한가를 점검한다. 트랜스펄 세트를 여닫으며 투석액을 집어넣어 주는 작업을 기계가 아닌 내 손으로 직접 하다니. 하나하나 과정이 손에 익을 때까지 반복하며 두려움을 몰아내고 자신감 있게 안정된 자세로 말이다. 먼저 투석액을 투여하기 위해 몸속의 불순 액을 빼내야 한다. 그 치료 행위에서 비워내야 담을 수 있다는 숨겨진 진리를 발견한다. 깨끗한 그릇이 쓰임을 받듯이.

혈액투석에 비해 장점이 많다. 첫째, 혈관이 몸 밖으로 나오지 않고 몸 안에서 투석하므로 심장에 무리가 없는 방법이다. 둘째, 기계가 일하기 때문에 신장이 쉬는 부작용이 발생했는데, 신장은 계속 기능을 유지한다는 것이다. 또한 음식의 제한이 조금은 자유스럽다. 신장에 좋고 나쁜 음식을 구별하고 금지해 입맛을 잃었는데, 식단을 짜는 어려움도 덜어줄 수 있다니 반갑다.

더욱이 직장 생활이나 여행 등 외출이 가능하다는 사실에 자유를 얻은 듯 쾌거를 부른다. 기계를 이용하면 잠자는 시간에도 가능하니 낮에 정상적인 활동을 할 수 있다는 것이다. 무엇보다 자기 자신이 스스로 투석을 할 수 있어 능동적인 삶을 살 수 있다고 하니 환자의 삶을 위한 긍정적인 치료 방법임이 틀림없다. 클리닉을 가지 않고 집에서 투석하며 편안함을 안겨주니 어찌 기쁜 소식이 아니겠는가.

집이란 사람이 거주하기 위해 일정한 공간과 구조를 갖추어 지은 건물로 추위, 더위, 비바람을 막아준다. 일상을 함께 하는 곳으로 휴식과 충전과 평안을 준다. 시대가 변하며 기능과 취향을 반영하는 공간으로 변화하고 있다. 특별히 바이러스로 인해 많은 시간을 집에 거주하면서 집의 기능은 더 폭넓게 변한다. 다양한 역할을 담아 혜택을 준다. 재택근무를 할 수 있는 사무실과 자녀의 온라인 수업을 위한 교실 역할뿐 아니라 자녀와 여러 세대가 힘을 합치는 공간이 되기도 한다.

삶에 필요한 행복을 담을 수 있는 곳이다. 바로 이곳에서 약한 몸이 치료받으니 값없이 받는 위로인 듯싶다. 우리 집 안방에 걸린 족자 속 'Having a place to go is Home. Having someone to love is Family. Having both is a Blessing.'이라는 문구가 크게 눈에 읽힌다.

도전해보고 싶었던 스페인 산티아고(Camino de Santiago) 순례자의 길을 걸어왔다는 사실을 깨닫는다. 이제 건강이 허락지 않아 불가능한 일이라고 여겼는데, 이미 그동안의 생활 속에서 걸어오지 않았는가. 닥쳐온 상황에 두려워하거나 서두르지 않고 자신을 비우며 고난을 이겨간 길이었다는 것을. 그 순례자의 길을 마치고 집으로 돌아온 평안한 모습이 비친다. 집에서 주어지는 나의 소임에 의미를 둔다. 인생의 여정을 집이 주는 위로와 쾌적함으로 걸어가리라.

6

내일의 나무를 심는다

이중언어(Bilingual)를 사용하면

우리 학교에 다니는 어린이가 형이 되었다며 기뻐했다. 볼이 뽀얀 갓난아기가 찾아왔다. 나는 반가워 큰소리로 환영했다. 아가는 놀랐는지 큰 소리로 울었다. 울음으로 감정과 의사를 표현하는 듯. 6개월이 지나니 아가는 옹알이하며 눈을 맞추었다. 한 돌이 되어 "엄마, 맘마" 필요한 쉬운 단어를 말하기 시작하는 게 아닌가. 언어 능력이 발달했다. 일상생활에서 사용하는 단어가 폭넓어졌을 터. 엄마가 읽어주는 동화책이나 이야기를 들으며 어휘력이 신장했다. 18개월 후 프리스쿨에 입학하여 친구와 놀면서 자연스럽게 구체적인 언어 구사력이 발달했다.

언어는 뇌에 큰 영향을 끼치는 도구와 기술로써 기억의 사고를 형상화해 의사소통하고 사회적 상호작용을 한다. 간혹 청각장애, 자폐증(Autism)이나 여러 이유로 인해 언어 발달이 늦는 어린이도 있다. 그 원인을 찾아 치료해주면 언어 발달을 돕는다. 물론 언어 발달이 빠르다고 다른 부분의 발달이 빠른 것은 아니다. 전반적으로 균형 있는 발달을 돕는 것이 프리스쿨의 교육목표이다. 인지능력과 사회성을 높여주며 광범위한 소통 능력을 길러준다.

딸의 언어 발달 과정을 살펴보며 이중 언어와의 관계를 생각해 본다. 나는 1인 3역을 하며 바빴다. 두 살배기 딸에게 내가 직접 못 읽어주는 대신 녹음테이프가 들어 있는 동화책을 펴주곤 했다. 녹음기를 통해 흘러나오는 이야기를 들으며 아이는 동화책을 읽어 내려갔다. 진지하게 감정까지 마음에 담아 읽었다. 그러던 중 세 살 때 책속에서 한글을 익혔다. 정확한 장면에서 책장을 넘기는 것이 아닌가. 그 후 나는 한글 지도를 의도적으로 시도했다. 아이가 처음으로 익힌 글자는 자신의 이름이 들어간 '우유'였다. 집의 문짝, 벽에 자기가 좋아하는 글자를 마구 적었다. 맞춤법이 틀린 '하라버지 방'이라는 글자는 미국으로 이주할 때까지 방문에 남아 있었다. 감사하게도 한글을 다 깨우친 후 미국으로 이사 올 수 있었다. 몇 달 후 영어 알파벳도 다 배우지 못한 채 아이는 킨더가든에 입학했다. 입학 후 자기 반에서 첫 영어 우수상을 받아와 놀라웠다. 영어 때문에 학교에 적응하는 데 어려움은 전혀 없었다고 할까.

언어는 모국어와 외국어가 함께 발달한다는 사실을 깨달았다. 이중언어 발달이 병행함을 알았다. 그 아이는 책상과 침대에 동화책을 늘어놓는 독서광이 되었다. 일기를 꼬박꼬박 적어 자물통이 달린 책상 서랍 속에 보관했다. 말하고 읽고 쓰는 훈련을 일상에서 한 셈이다. 엄마는 의도적으로 한국말로 대화하고 한글을 가르쳐 유지하도록 했다. 시간이 있을 땐 한글로 쓰인 시도 읽어주곤 했다. 이중언어를 사용하면 다양한 언어적 자극으로 집중력의 이동 능력을 길러주고 인지적 융통성을 강화해준다. 또한 두 언어의 갈등과 대치 상황을 경험함으로 다양한 문제 해결 능력을 높여준다.

사춘기 시절에 엄마와 종종 견해 차이가 있었다. 그때 엄마는 한글로, 딸은 영어로 편지를 써서 상대방의 문에 붙여 놓곤 했다. 편지를 읽으면서 서로 의견 차이를 좁혀갔다. 고교 입학 때 시험을 치러 영어 우수반(Honor class)에 들어갔다. 고교 때 프랑스어를 제2외국어로 선택해 언어 영역을 넓혀갔다. SAT 시험에서 한국어를 외국어로 택하여 만점을 받는 좋은 결과를 얻기도 했다. 모국어에 대한 자긍심과 자신감을 얻어 안정된 정체성까지 찾았다. 일거양득이랄까.

여름방학 단기선교를 하러 갈 때 고등학생인데도 학생을 인솔하는 교사로 선출됐다. 영어를 한국어로 통역하는 교사가 필요했기 때문이다. 통역 선교할 기회를 얻었다. 자연스레 인종차별 없이 타민족을 사랑하는 자세를 길렀다.

할아버지 회고록을 2년에 걸쳐 출간했다. 자료를 모으기 위해 한국 방문 때 딸과 함께 현장을 찾았다. 할아버지께서 살아오신 자취와 배경을 이해하기 위해서였다. 엄마가 한글로 적은 글을 딸이 영어로 번역했다. 먼저 한자어가 섞여 있는 글을 읽는 데 시간이 많이 소요됐다. 사전을 이용해야 했기 때문이었다. 다음 그 내용을 문법에 맞게 영작했다. 마지막으로 글의 표현을 문학적으로 다듬었다. 세 단계를 거쳐 번역이 이뤄졌다. 이중언어로 책이 만들어졌다. 역사와 문화를 이해한 바탕에서 시작하여 썼는데도 힘든 작업이었다. 타국에서 성장하는 후세에게 남겨 줄 값진 유산을 정리할 수 있었다.

다문화 속에서 여러 언어를 사용하면 타 역사와 문화를 접하고 포용하며 살아갈 수 있다. 폭넓은 눈과 태도로 기량을 펴며 살아가리라.

홀로 서는 아이들

날씨가 뜨겁다. 폭염주의보가 내려지고 지구가 끓는 듯하다. 화씨 110도를 넘나들며 정전 사태가 벌어진다. 에어컨까지 꺼지게 하는 비상사태를 초래한다. 바깥 놀이를 못해 몸을 비트는 아이가 측은한 생각까지 든다. 나는 차가운 음식만 찾으며 혼자 몸도 간수하기 힘겹다. 우리네가 자초한 지구 온난화에 의한 재앙인 듯하여 마음이 아프고 언짢다.

무더위 속에 아이 두 명이 동시에 입학한다. 어린아이 둘은 서로 마주 보며 운다. 새로 입학한 애를 교사가 안아주고 달래며 땀을 흘리지만, 울음을 그치지 않는다. 처음 부모를 떠나 학교생활을 시작하는 아이가 우는 것은 정상이 아닐는지. 익숙해 있던 일상에서 벗어난 새로운 환경과 친구가 낯설 것이다. 분리되는 두려움을 울음으로 표현한다. 아이의 성격과 양육 방법에 따라 다르지만, 학교가 즐거운 곳이라고 인식되기까지 누구나 적응하는 소요 시간이 필요하다. 학교생활에 적응하며 우는 아이의 심경을 헤아리니 안쓰럽다.

곁에 있던 세 살 여자아이가 우는 애의 손을 잡고 토닥토닥해 주니 울음을 그친다. 그 둘은 얼굴 생김새와 색깔이 비슷한 같은 국적의 아이다. 선생님보다 친구의 위로가 마음에 더 닿았나 보다. 마음을 나누는 모습을 쳐다보던 내 가슴에 찡한 물결이 일어난다. 그 여아는 엄청나게 울었던 아픔을 가지고 있다. 입학할 당시 공교롭게도 부모가 이혼해 엄마와 아빠 사이 양쪽 집을 오가야 했다. 엄마가 출근하면서 학교에 내려놓고 가면 저녁 퇴근 시간에 아빠가 데리러 온다. 생모와 헤어지는 슬픔 때문에 필사적으로 울었던 기억이 남아 있을 터. 자기가 겪었던 아픔을 기억하며 친구를 위로해주는 마음이 대견하지 않은가. 새로운 환경에 홀로 서는 모습은 무더위를 시원케 해준다.

시간이 약이랄까? 마침내 교사의 관심 속에서 새로 온 아이는 친구와 어울리며 즐거워하기 시작한다. 또래끼리 공감을 형성하며 사회성을 터득해 간다. 동질감으로 마음의 평정을 찾으며 스스로 헤쳐 나간다. 자아 존중감, 자아 탄력성은 스트레스를 해소하고 독립하는 중요한 요소가 된다. 물론 부모의 양육 방법이 많은 영향을 주는 것을 수십 년 경험을 통해 아는 바이다. 우는 딸을 떼어놓고 나도 울면서 출근하지 않았던가.

하물며 문화와 언어가 다른 민족 어린이와의 적응엔 어려움이 많을 게 분명하다. 로스앤젤레스에서 오렌지카운티로 이사 왔을 때 딸이 겪은 일이 떠오른다. 딸이 새로 입학한 초등학교에 한국 어린이가 없었다. 며칠 후부터 딸이 학교 앞에 도착하면 배가 아프다며 구토했다. 반복되는 난감한 증상을 해결하기 위해 병원을 찾았고, 알게 된 병명은 신경성 위장염이었다. 새로운 환경에 적응하는 두려움으로 인해 병이 발생했다는 사실에 나는 아연실색했다.

딸은 백인 어린이 속에서 발견한 동양 아이가 있어 마음을 주었다고 했다. 의지했던 친구에게 자기가 가지고 있는 학용품을 나누어 주곤 했단다. 그 애는 점점 좋은 물건을 요구했고 나중엔 원하는 것을 강요했다는 사실을 알게 되었다. 부모에게 말하지 못하고 스스로 해결도 못 한 채 신경성 위장염을 일으킨 것이라고 하니 얼마나 힘들었을까? 강하게 자라길 바랐는데 마음이 아팠다. 차별과 따돌림 속에서 겪을 흔들리는 정체성을 어떻게 회복시킬 것인가. 이곳에서 자라는 2세들이 부모도 모르게 스스로 이겨낸 숨겨진 이야기가 많으리라 짐작이 된다.

불현듯 입양아가 겪었을 외로움과 슬픔이 낯설지 않다. 한국전쟁 이후 바다를 건너 많은 고아가 생의 터전을 옮겨왔다. 더욱더 좋은 환경에서 자라길 바랐지만, 정체성 방황을 극복하며 어렵게 자란 예를 보지 않는가. 입양아로서 당했던 인종차별, 따돌림과 고독 사이에서 겪었던 아픔을 누구도 헤아릴 수 없을 것이다.

우리 프리스쿨에 모국에서 아이를 입양한 한인 학부모를 존경의 눈으로 바라본다. 같은 인종과 같은 피부색이기에 장려할 일이라 생각한다. 그 아이가 순조롭게 적응하며 훌륭하게 성장하는 모습을 본다. 문화와 언어의 벽을 잘 넘어 슬기롭게 자라난다. 버림받았다는 미움에서 벗어나 정체성을 찾고 성장 후 친부모를 찾는 기사를 신문에서 보기도 한다. 다르게 주어진 새 환경에서 포기하지 않고 홀로 일어서는 어린이를 바라보며 내 마음 한구석에 청량한 바람을 맞는 듯싶다.

월리와 두비

새 가족이 또 생겼다. 두 살 된 작은 마티스다. Petco 쇼핑몰 울타리 안 많은 유기견 틈에서 조용히 앉아 있는 모습이 눈에 띄어 그를 입양했다. 새 식구의 이름은 이미 우리 집에서 귀여움을 받고 있는 강아지 월리Wall-E의 끝 글자와 둘째라는 의미를 합성하여 두비DooB-E로 지었다. 두비를 양자로 들이는 것은 첫째 강아지 월리를 위해 내린 결정이었다.

월리는 12년 전에 우리 가족이 되었다. 산에서 주인을 잃고 헤매던 것을 딸 친구가 하이킹 길에 발견했고, 우리가 입양 절차를 밟아 집으로 데리고 왔다. 월리는 그동안 산속에서 혼자 겪은 아픈 경험 때문인지 예민하고 불안해했지만 곧 적응했다. 성격이 밝고 사람을 좋아해서 사랑받았다. 내가 손주를 안아주면 곁에서 질투하며 자신이 사람인 줄 착각하는 영리한 강아지였다. 막내 자리를 차지했기에 하이킹이나 여행할 적엔 개를 허용하는 장소와 호텔을 택해 동행했다.

월리는 딸이 퇴근할 시간이면 현관에 서서 기다렸다. 두 귀를 쫑긋 세우고 주의를 기울여 오직 주인에게만 관심을 쏟았다. 딸이 출장을 가면 밖을 향해 밤을 지새우는 모습이 얼마나 놀라웠던지. 너의 충성

심은 사람보다 낫다고 감탄하며 주인을 구하려고 자신의 목숨을 희생했던 충견의 이야기가 생각났다.

월리는 호기심이 많고 활동적이어서 가출한 적도 있었다. 골목집마다 문을 두드리며 찾았지만, 행방을 알 수 없었다. 하필이면 그날 밤에는 비까지 왔다. 빗속에서 어딘가를 헤매며 떨고 있지는 않을까? 걱정 때문에 우리는 잠을 이루지 못한 채 'Lost Dog' 포스터를 만들었다. 날이 밝는 대로 길거리에 광고를 붙이고 소식을 기다리는 수밖에 없었다. 다행히 아침에 포스터를 봤다는 분이 전화했다. 자기 집으로 데리고 가서 하룻밤을 돌보았다고 했다. 마침 그 집에도 개가 있어서 새 동무와 천진난만하게 하룻밤을 지내고 온 모양이었다. 주인의 마음도 모른 채. 잃어버린 한 마리 양을 애타게 찾은 후 기뻐하는 양치기의 마음이 이해되었다. 나 또한 사춘기 시절에 부모님의 마음을 헤아리지 못하고 다른 길에서 방황하지 않았던가.

그동안 막내로서 많은 추억을 쌓은 지 올해로 열두 해다. 사람의 나이로 약 70세인 할아버지가 된 탓일까? 숨이 가쁘고 가슴 부위가 뚱뚱해지며 힘겹게 움직여 병원을 찾았고, 의사로부터 슬픈 사실을 들었다. 심장이 커지고 신장에 이상이 생겨 6개월에서 1년밖에 살 수 없다고 했다. 치료 방법으로 하루에 두 번씩 약 세 알을 먹어야 하는데 약을 먹은 후 입맛을 잃었는지 밥을 먹지 않았다. 시중에서 파는 개 음식 대신 신장에 좋은 음식으로 직접 만들어 먹이며 정성을 기울였다. 심장에 무리가 가지 않도록 개가 쉬는 소파 밑에 헝겊 계단을 만들어 놓았다. 집 안 구석구석에 CCTV를 달아 핸드폰으로 그를 모니터링했다. 숨소리가 이상하면 밤에도 병원 응급실로 달려가야 했다.

가족회의 끝에 월리를 위해 새 강아지를 데려오기로 했다. 외로움을 덜어주어 수명을 연장하고 정서적 안정감을 주기 위해서였다. 두비가 오는 날에 월리도 입양 장소에 데리고 가서 동생의 처음 모습을 눈으로 익히게 했다. 드디어 두비가 우리 가족이 되었고, 거실은 개 놀이터인 양 아수라장으로 변했다, 돌보는 나의 손길이 바빠지고 두 마리가 같이 짖어대면 집안이 전쟁터인 것 같다. '손주도 다 자랐는데 늦은 나이에 이게 무슨 고생이람!' 푸념하다가도 꼬리를 흔들며 다가오는 두 녀석을 보면 웃음을 터뜨린다.

두 마리를 앞세워 공원을 걸으면 앞서던 형이 걸음을 멈추고 뒤에 오는 동생을 기다린다. 서로를 바라보는 눈길이 내 마음을 흐뭇하게 해준다. 동반자가 되어 서로 의지하며 오래도록 우리 곁에 있길 바랄 뿐이다. 사랑의 끈으로 묶인 가족 때문에 우리는 외롭지 않고 행복하게 사는 것이 아닐까.

가족이 되기 위해 훈육하다
– 월리와 두비의 두 번째 이야기

　입양된 두비는 가족이 되기 위한 훈련의 시간이 필요했다. 대소변을 아무 데나 배설해 놓아 우리 가족을 당황케 했다. 용변을 보게 하기 위해 밖에 데리고 나가면 주위에 관심이 많아 통제가 안 되므로 기저귀를 채울 수밖에 없었다. 음식을 다른 그릇에 월리와 따로 주는데도 두비는 성급하게 먹어 치우고 월리의 밥그릇에 머리를 집어넣었다. 그것을 싫어할 만도 한데 월리는 양보하며 비켜준다. 두비는 형 덕분에 두 그릇을 먹는 셈이지만 항상 배가 고픈 듯 바닥에 있는 것은 무엇이든 다 먹었다. 휴지, 플라스틱 심지어는 자기 기저귀까지 입에 넣었다. 뺏으려 하면 으르렁거리며 내 손을 물기도 했다. 식사 시간에도 의자 위에서 틈을 노리다 식탁 위로 올라가기 때문에 우리는 긴장을 놓지 못했다. 먹는 것 앞에서 무분별한 본능이 발동되는 것을 보며 어떻게 해야 할지 걱정스러웠다.

　어렸을 때 내가 잘못하면 아버지는 회초리를 드셨다. 나의 잘못된 행동을 고치기 위한 사랑이라는 것을 느꼈기에 울면서 매를 맞았던 기억이 있다. 아이를 올바르게 키우기 위해서 적절한 훈육이 필요한 것처럼 두비를 한 가족으로 만들기 위해 하나씩 훈련을 시작했다. 두비는 밖에 나가면 다른 곳으로 달아나기가 일쑤였지만 윌리와 함께 배변을 시키면 냄새를 맡은 후 따라 했다. 반복해서 시도하여 기본 습관으로 몸에 익히게 했다. 그런데도 어느 사이에 실례를 범한 녀석의 무례함에 우리는 인내가 필요했다. 계속적이고 일관된 훈련으로 실외에서 용변을 봐야 함을 깨닫기 시작했고, 밖으로 나가지 못할 때는 깔아놓은 기저귀 위에 배설하여 칭찬받았다. 부모님이 나의 잘못을 참아주고 타이르는 말씀을 반복하여 내가 깨닫고 변하도록 하셨던 것같이.

두비는 영리하여 재빠르게 적응했다. 형의 분위기를 맞추며 친해지려 노력했다. 침대에 먼저 들어가 윌리에게 접근하여 몸을 비비면 형은 슬그머니 피해 나갔다. 자기 물건을 만지는 동생을 착한 형은 물러나서 쳐다보았다. 혼자 있던 윌리에게도 낯선 방문객을 동생으로 맞이할 시간이 필요했을 것이다. 이제 둘은 서로 얼굴을 대고 장난하며 아우는 형과의 의리를 지키는 듯 '형님 먼저!' 위계질서를 지킨다. 물건을 양보하며 공유하고 서로 의지하는 모습을 보면서 두비를 입양하길 잘했다는 생각이 든다. 우리 오 남매는 가끔 다투며 좋은 것을 가지기 위해 경쟁도 했지만, 서로를 배려하고 신뢰를 쌓아가며 우애를 나누듯이.

둘에게 공평하게 대해 주어야 한다. 평등한 대우 속에서 믿음이 싹트기 때문이다. 오른쪽엔 윌리, 왼쪽엔 두비. 양손으로 같은 음식을 동시에 준다. 처음 두비가 우리 집에 왔을 때 설사했던 이유는 먹어야 산다는 의식에서 나온 심리 현상임을 깨달았다. 충분히 공급되는 먹이가 있기에 경쟁이 필요 없다는 것을 알게 해주는 데 시간이 걸렸다. 내 부모님은 다섯 자녀 즉 첫째 애에게는 맏이의 인내심을, 둘째는 도전 정신을, 막내는 귀여운 사교성 등을 개성으로 여기고 '다섯 손가락 깨물어 아프지 않은 것이 어디 있겠니.'라며 어느 한 자녀에게도 치우치지 않고 키워주셨다. 이런 부모님의 동등한 인정을 받으며 자란 형제가 각자의 역량을 발휘하는 것과 같으리라.

원하는 물건을 뺏기지 않으려고 주인을 물다니! 어이가 없었지만 자라온 환경을 이해해야 한다. 돌봐주는 주인이 없이 길거리에서 살아남기 위해 생존경쟁을 겪었을 테니까. 이제는 다른 과자를 주면 물고 있던 나쁜 물건을 포기하며 내려놓는 달라진 행동을 본다. "다운! 앉으세요!" 하면 자리에 앉아 얌전히 먹을 것을 기다린다. 마치 순한 양같이 변했음을. 자라온 배경을 이해하는 것이 교육의 출발점이 되는 것처럼.

두 강아지에게는 주인에게 사랑받고 있다는 신뢰가 필요하다. 행동이 교정되면 상으로 과자를 주며 칭찬한다. 놀라운 것은 야단치는 억양으로 말하면 반항하고 반성하지 않는다는 점이다. 칭찬은 고래도 춤을 추게 한다고 하지 않던가. 딸이 월리를 안으면 두비는 질투를 하는 듯 내 무릎으로 와 앉는다. 따뜻한 체온을 느끼며 작은 몸을 내 다리에 파묻고 금세 잠이 든다. 사랑을 받기 원하는 모습에 쓰다듬어 주면 귀를 쫑긋 세우고 눈을 맞추며 이야기를 듣는 듯하다. 나도 부모님의 애정 속에서 바른 행동으로 교정되어 성장하지 않았던가.

한 가족이 된 두비 덕분에 6개월밖에 못 산다던 월리는 2년이 지났지만 건강하게 지낸다. 달라지는 말썽꾸러기 두비를 보며 과거의 내 모습을 비춰보니 그와 지내는 하루하루가 의미 있다.

교육의 '현장'이 사라진 시대

온 세상이 뿌연 안개로 덮여 있는 듯하다. 그 속 교정에서 아이들이 뛰놀고 있다. 그들의 웃음소리가 작은 물방울에 흡수되어 하늘 높이 날아가지 못한다.

새 학기가 시작되는 절기지만 코로나바이러스로 인해 졸업과 입학을 축하하는 행사를 할 수 없다. 한 과정을 시작하고 맺는 메시지도 전하지 못한다. 학생과 학부모가 없는 식장을 꾸미고 개인 사진과 영상을 준비하여 졸업식을 대신한다. 안아주지도 못하고 설렘은 아쉬움으로 남은 채, 학생을 보내고 맞이하는 교사는 그림자 위에 '교육'이라는 실상을 덧입혀 본다.

교육(Eduction)이라는 단어의 어원은 밖(e)과 이끌다(duc)가 합쳐진 단어이다. 즉 교육은 이미 가지고 있는 잠재력을 밖으로 꺼낼 수 있도록 도와주는 것이다. 그 목표는 앎과 훈련만을 의미하는 것이 아니고 행동까지를 포함한다. 그러기에 교사와 아이의 만남이 중요하지 않을까.

온라인 수업으로 개학을 맞는다. 교육의 장이 노트북이나 아이패드의 공간으로 좁혀져 작은 컴퓨터 화면 안에서 선생님과 친구를 만나 인사한다. 선생님의 목소리를 통해 교육 내용은 들려도 서로 눈은 맞추지 못한다. 소통이 없는 수업이 진행된다. 교사는 학생의 이해 정도를 감지하기 어렵다. 스토리텔링의 교감도 없지 않은가. 교육 자료를 준비했는데도 충분히 발휘하지 못하는 교사의 땀방울을 본다.

더욱이 이제 첫 프리스쿨을 졸업하고 초등학교의 문을 들어서는 꼬마들은 방향을 모른다. 기대에 들떠 교실 문을 열고, 운동장에서 친구와 뛰놀며 학교생활을 익혀야 하는 과정이 사라졌다. 아이는 보고, 듣고, 맡고, 맛보고, 만지는 오감을 통해 사물을 인식하고 이해한다. 이 중 하나가 자극을 받으면 두뇌에 전달되어 다른 영역에서 처리되고 식별된다. 가장 효과적인 교육 방법으로 교육 현장에서 이루어지는 것임을.

선생님을 만나보지도 못한 채 생소한 기계를 통해 수업해야 한다. 누군가의 도움 없이는 컴퓨터 조작도 제대로 못 하는 아이다. 어린 나이엔 아직 집중력이 길러지지 않아 오랜 시간 앉아 있을 수 없어 힘든데. 준비가 채 되지 않은 어린이가 온라인 수업을 받아야 한다니 부모와 교사는 걱정이 앞선다. 이런저런 상담 전화도 이어진다. 교육의 지침은 보이지 않고 원격수업은 애로사항에 부딪힌다. 안개 속에서 미로를 찾는 것처럼 투명하지 않다.

유아교육 커리큘럼 첫 달의 주제는 '웰컴 투 스쿨'이다. 학교는 즐거운 곳이어야 한다. 그 학교생활과 규칙을 배우는 것이 목표다. 친구를 사귀며 나누고, 순서를 기다리며 규정을 익히는 게 우선이다. 결코 쉬운 과정은 아니다. 부모와 울지 않고 인사하며 헤어져 새로운 환경에서 단체생활을 하는 데는 시간과 훈련이 필요하다. 스스로 혼자 할 수 있는 능력을 기르며 얻어지는 성취감 위에 자존감이 형성된다. 이것은 평생 자신을 이끌어 갈 밑거름이 되는 중요 요소이다.

유치원과 초등학교의 교육관(Philosophy)은 전인교육이다. 신체적인 발달과 함께 정서적, 지적 발달이 균형 있게 성장해야 올바른 인성교육이 이루어진다. 기본생활과 학습 습관 즉 집중력, 지구력 등을 길러 창의적이고 탐구적인 자세를 길러주는 것을 지향한다. 이제 이런 교육이 어디에서 이루어질 수 있을까? 바야흐로 현장이 사라진 시대이다.

고교 교사를 역임한 시인 이관희의 「선생으로 사는 길」이라는 책의 내용이 생각난다. 그는 잠자는 아이들에게 '너희들의 꿈, 멋진 세상을 살자면 내가 깨달아 내 힘으로 먼저 읽고 질문해야지. 틀리는 것 두려워 말고 끝까지 풀어내는 거야. 듣기만 하고 받아쓰고 외우려고만 하는 아이들아, ㅇ자 ㅁ자에 색칠만 하는 아이들아, 그려진 빈칸 메우지 말고 밑그림 없는 백지에 내 그림을 그려봐. 잠자면 점수만 놓치는 것이 아니라 청춘도 놓치고 말아. 사람이 살아야 더불어 잘 사는 세상이 올 거야. 눈 떠 빛나려무나!'라고 했다.

그가 안타까운 마음을 담아서 했던 '듣고 잊어버리는 콩나물에 물을 준다고 매일 크는 키가 보이던가? 어느 날 훌쩍 키가 큰 콩나물을 보는 기적을 바라 오늘도 물을 주는 수고를 거듭해야 하리라.'라는 다짐을 읊조리며 교육의 공간이 다시 열리길 기대한다.

생명의 위협으로부터 보호가 우선인 요즈음이다. 교육의 본질을 이야기하는 것조차 사치스러운 현실이지만 안타까운 마음으로 밝은 햇살에 안개가 걷힐 날을 기다린다. 콩나물 시루 위로 노랗게 올라오려고 움틀거리는 콩에 물을 주듯이. 그때는 어린이와 소통하며 진정한 교육이 이루어질 장소가 열릴 것이기 때문이다.

신묘막측(神妙莫測)이 새겨진 티셔츠

낭랑한 목소리가 귀에 들어왔다. "아빠, 아빠!" 소리에 솔깃하여 고개를 들어보니 두 살쯤 되어 보이는 아이가 우리 집 잔디밭에서 해맑게 웃으며 뛰어논다. 아이는 '신묘막측'이라는 글자가 적힌 티셔츠를 입고 있었다. 어린아이가 입고 있기에는 어울리지 않는 한자어, 흔히 접할 수 없는 의미심장한 단어의 티셔츠에 얽힌 사연을 후에 딸을 통해 듣게 되었다.

그 애의 엄마는 선교사인 아버지를 따라 러시아에서 성장했다. 결혼 후 출산한 큰딸의 이름은 러시아어로 '사랑'의 뜻을 가진 '유비'라고 지었고, 둘째가 잉태된 사실을 알고는 이름을 '소망'의 뜻을 가진 '나디아'로 하기로 했다. 임신 소식에 기대와 소망으로 부풀어 있던 5개월이 지나는 때에 갑작스레 하혈하더니 유산이 되었다. 의사도 특별한 이유를 찾을 수 없다는 것이었다. 의논할 사람이 없는 외국 땅에서 홀로 감당해야 했기에 두려움은 더 크게 다가왔다. 귀한 생명을 잃은 좌절감에 잠을 잘 수 없었고 자리에 누우면 몸이 땅속으로 스며드는 듯했다. 밤을 지새우며 그녀는 많은 생각을 했다고 했다.

나도 잊고 있었던 오래전 기억이 되살아났다. 둘째 태아를 몸에 품고 입덧이 끝나가던 무렵이었다. 교회 학생부의 '문학의 밤' 행사가 많은 교인의 관심과 열정 속에서 열리던 날이었다. 나는 수고하는 학생들을 위해 떡라면을 큰 가마솥에서 끓여 후식으로 제공했다. 면발이 퉁퉁 붇지 않도록 조바심을 내며 대접하고 늦은 밤에야 잠자리에 누웠다. 갑자기 아랫배가 아프기 시작하더니 밤새 진통이 계속됐다. 어떻게 해야 할지 몰랐지만 피곤해서 곤히 자는 남편을 깨울 수 없어 진정되길 바랄 뿐이었다.

아침이 되자마자 서둘러 병원으로 향했다. 괜찮을 것이라는 작은 믿음으로 아무에게도 알리지 않고 혼자 산부인과 문을 들어섰다. 진료를 마친 의사는 "아기가 유산됐습니다. 너무 늦게 오셨습니다."라고 안타까운 표정을 지었다. 놀랍고 당황스러운 상황을 어떻게 받아들여야 할지 머릿속이 하얗게 되었다. 수술받고 영양제를 맞으며 안정을 취한 뒤 아무 일도 없었던 것처럼 시내버스를 타고 집으로 돌아왔다. 버스 유리창 밖의 가로수 잎새는 여전히 푸른 하늘 사이에서 반짝이고 있었고, 그 아래 엄마의 손을 잡고 지나가는 아이를 나는 물끄러미 바라보았다.

아무것도 모른 채 나의 표정을 의아해하는 남편을 보니 그제야 눈물이 쏟아졌다. 무지한 엄마였던 나는 아기에게 미안했고 허무하다는 우울감에 빠졌다. 이렇게 쉽게 소중한 생명을 잃어버리다니! 빼앗긴 원망보다 놓친 실수에 죄책감이 컸다. 그 일이 있었던 후 아이를 출산할 수 없는 여인의 심정을 이해할 수 있었다. 사무엘 어머니 한나의 눈물 어린 기도가 가슴에 절실히 와 닿았다. 실망 가운데 있던 나는 일 년이 지난 후 다시 특별한 선물을 받았다. 기능이 정지된 듯한 내 몸속에 생명이 싹텄다는 의사의 진단을 듣고, 이른 봄에 추위를 이겨내고 피어난 개나리의 노란빛처럼 마음이 밝아졌다.

유비 엄마는 유산의 절망에서 기도하던 중에 하나님의 말씀이 음성으로 다가왔다고 했다. '내가 주를 찬양합니다. 이는 내가 신기하고 놀랍게 만들어졌기 때문입니다. 주께서 하신 일들은 놀랍습니다. 주의 눈이 아직 형태를 갖추지 않은 내 몸을 보셨습니다.'라는 시편 기자의 고백이었다. 그녀는 말씀의 깊은 뜻을 깨달은 후 티셔츠에 '신묘막측'이라는 구절을 인쇄해 다른 아이의 엄마에게 전하기 시작했다.

'신묘막측'은 신통하고 묘하여 예측할 수 없다는 뜻을 가진 단어이다. 당신의 아이는 하나님이 기이하게 만드신 소중한 생명입니다. 그 아이를 통해서 하시고자 하는 하나님의 뜻은 우리가 미처 알지 못한다는 메시지를 전한다. 이 단어를 본 엄마들은 처음엔 고개를 갸우뚱했지만, 설명을 들은 후 고개를 끄덕이며 자기 가정의 자녀가 고귀한 존재임을 인정하게 되었다. 많은 엄마가 같은 마음인 양 티셔츠를 구매하는 일에 동참했다. 아픔을 승화시킨 딸의 친구는 티셔츠의 이익금을 선교사 자녀를 돌봐주는 비영리 단체 'Mi Casa Tu Casa Community'에 기부하고 있다는 감동적인 이야기를 들었다.

우리 어린이학교 커리큘럼에 'Children will learn to be independent, grow positive, self-respect, and healthy self-esteem.'이라는 구절이 중요한 비중을 차지한다. 즉 유아교육은 아동이 독립적으로 행동할 수 있도록 하며 자신을 사랑하는 자아 존중감과 건강한 긍정적 자아개념을 세울 수 있도록 돕는 것이다. '나'에 대해 배우며 '나는 특별한 존재'라는 것을 깨닫게 해주는 것이 목표이다. 자신을 존중하며 가족을 사랑하는 마음을 갖도록 한다. 어린이가 세상을 소신껏 살아갈 마음 바탕의 기초가 된다.

하나님은 특별한 사역을 위해 우리를 만드셨고 찬양받을 것이다.

오늘도 신묘막측한 존재인 우리를 통해서 선한 능력으로 일하시기
때문이다.

'가난한 동네'는 '나쁜 동네'가 아니다

애너하임에서 백인 원장으로부터 인수한 어린이학교를 어언 30년 동안 운영하고 있다. 나름 민족에 대한 자부심을 가지고 한글 '어린이학교' 간판을 걸었다. 프리웨이가 가까워 학생들은 멀리에서도 찾아온다. 우리 예절과 글을 가르치고 한국 음식을 제공하기 때문이다. 특히 이곳은 교통이 편리하고, 상권과 학교, 병원, 공원이 가까운 곳에 있기에 여러 민족의 중산층이 거주한다. 덕분에 이민 1세인 내가 처음엔 한인 위주로 운영했지만, 지금은 다민족 학교로 변했다. 세월이 흐르면서 외면했던 지역 내의 타 인종 어린이에게도 눈을 돌려 관심을 표한다. 인종 분포도 다양해 여러 국적의 어린이가 함께 생활하며 공부하고 문화를 나눈다. 서로서로 타문화를 접할 수 있어 흥미롭고 새로운 의욕을 준다.

새로 입학하는 한인 학부모는 "이 동네가 안전한가요? 이웃이 위험하지 않나요?"라고 묻는다. 자녀교육에 관심이 많은 탓에 뒷동네의 아파트 단지가 신경이 쓰이나 보다고 생각했지만 왜 그런 질문을 했을까? 곰곰이 생각해 본다. 아파트가 밀집된 지역은 소득층이 많이 모여 산다. 당연히 이민을 갓 오거나 수입이 적은 서민이 거주하는 지역이 된다. 그러다 보면 그 지역의 학교는 가주 모의고사 점수가 낮아 교육열이 높은 학부모는 피하게 된다. 형편이 나아지면 곧바로 학군이 좋다는 백인 거주 지역으로 이주한다.

가난한 동네를 나쁜 동네로 인식하는 사람을 보면 마음이 언짢다. '가난한 동네'는 '나쁜 동네'가 아니다. 빈곤으로 인해 도래하는 불편과 힘든 점이 있는 건 사실이다. 더럽게 어질러진 주변, 소음, 공중의식 결핍 등 외면할 수 없는 어려움을 겪기는 한다. 그렇지만 오히려 가난한 동네의 생활 속에서 순수한 마음을 찾아볼 수 있다. 물질의 궁핍과 어려움을 겪던 모국, 멕시코나 그 외 남미 여러 나라보다 편리하고 나은 생활환경에 감사하며 많은 자녀를 거느리는 낙천적인 모습을 본다. 그런 삶은 행복지수의 성취도를 생각하게 한다. 행복과 물질은 비례하지 않음을.

재미교포 작가 이민진이 쓴 소설 '파친코'에 그려진 1940년대의 오사카 재일교포 밀집 지역 이카이노의 충격적인 모습이 떠오른다. 글을 읽으며 애너하임 학교 뒷동네 아파트 단지를 생각했다.

'이카이노는 초라하기 그지없는 판잣집들로 똑같이 값싼 자재로 엉성하게 지어져 있었다. 무광택 신문지와 타르지가 창문 안쪽을 덮고 있었고, 지붕에 사용된 금속은 녹슬어 있었다. 집들은 엉망으로 망가져 있었고 오두막이나 텐트와 다를 바가 없었다. 돼지와 조선인만이 살 수 있는 곳이라고 불렸고 이웃엔 안에서 돼지를 기르는 집도 있었다. 일본인은 괜찮은 땅은 조선인에게 임대해 주지 않았기에 재일교포들은 이곳에 모여 살았다.'

소설의 첫 문장은 '역사가 우릴 망쳐 놨지만 그래도 상관없다.'라고 시작한다. 파친코는 가난과 범죄의 냄새를 강하게 풍겼다고 서술하며 조선인 운명의 굴레를 상징한다. 이 장편소설은 미국 컬럼비아

대학에 유학을 다녀온 4대 손자 솔로몬도 뉴욕의 금융계에서 해고된 뒤 아버지의 파친코 사업을 이어받는다는, 조선인의 운명을 다룬 이야기다. 가난이라는 불평등 속에서도 희망을 잃지 않고 꿋꿋이 살아온 이민자의 피와 눈물의 대 서사(敍事)다.

작가 이민진은 새로운 삶을 찾아온 미국에서 가난한 동네의 쥐가 나오는 방 한 칸짜리 아파트에서 다섯 식구가 살았다. 헌신적인 부모의 뒷바라지로 예일대를 졸업하고 변호사로 활동하다 이민자의 삶을 그렸다. 그녀가 일본에서 4년간 거하며 쓴 이 책은 뉴욕타임즈 베스트셀러, USA투데이 올해의 책 등으로 인정받아 폭발적인 반응을 일으켰다.

사람들은 가난하게 사는 데는 원인이 있고 그것이 가져온 결과라고 생각한다. 게을러서, 돈 관리를 못 해서, 심지어는 가난한 것은 네 탓이라고 말한다. 그렇지만 세상은 늘 공정하지는 않기 때문에 행위와 상관없이 사건과 사고를 당하기도 한다. 가난의 세습과 빈곤의 악순환을 어떻게 설명하겠는가? 부모의 가난으로 대학을 진학하지 못하는 청소년이 겪는 반복되는 빈곤 속 어려움은 가려져 있다. 더욱이 이민 초기의 생활은 '가난'에서 시작한다.

가난은 극복할 수 있다. 빈곤자나 이민자의 자손이 가난한 동네에서 열악한 환경을 이겨내고 성공하는 사례를 많이 볼 수 있다. 미래에 대한 꿈은 가난한 동네에서도 꽃을 피우기 때문이다. '가난한 동네'는 '나쁜 동네'가 아니다.

내일의 나무를 심는다

나이 탓일까? 그동안 해오던 일상이 벅차게 느껴져 손을 놓고 싶다. 긴 코로나 팬데믹 속 불투명한 어린이학교 운영의 어려움으로 의욕을 잃고 침울해진다. 집에서 복막투석을 하는 남편의 간호사 역할을 잘하고 싶은 마음이 더 큰 비중을 차지한다고 할까. 은퇴해야겠다는 마음이 간절한 바람으로 다가온다.

지금 운영하는 어린이학교는 30대 젊음의 열정으로 황무지에서 이루어낸 교육 현장의 결정체다. 땀과 정성이 깃든 이곳을 떠나게 된다는 사실에 마음이 갈피를 잡지 못하고 어수선하다. 학교 곳곳에 나의 손때 묻은 흔적이 보인다. 손수 만들어 활용했던 교육자료, 색색 천을 바느질하여 벽에 걸어둔 빛바랜 환경장식, 익숙지 못한 손놀림으로 페인트칠했던 노랑 초록 울타리까지. 교정을 둘러보며 걷는데 발걸음이 멈추어지는 것이 아닌가. 눈길이 닿는 곳에 아보카도 나무가 서 있다. 우리 곁을 지켜 오며 많은 사랑을 받았던 나무다. 바라볼수록 분신을 떼어 놓는 것처럼 아쉬운 것은 무슨 까닭일까?

1993년 애나하임 어린이학교 교정 구석에서 어린 아보카도 나무를 처음 만났다. 교정에는 늙은 호두나무가 연륜을 자랑하고 있었고,

잔디밭엔 나지막한 라임 나무가 귀여운 손짓을 했다. 올리브 열매가 까맣게 익어 모래밭을 덮고, 부겐베리아 진분홍 꽃그늘이 아늑한 분위기를 자아냈다. 그 틈에서 키 작은 아보카도 나무가 낮은 어깨를 겨누고 있었다.

옛 주인이 많은 나무를 정성껏 가꾸었기에 학교 교정은 아름다운 운치가 있었다. 그 교정에서 자라는 나무와 함께 아이들의 마음과 몸도 성장했다. 여러 교사와 한 마음 되어 열심히 물 주어 가꾼 결과로 학교의 인지도가 높아지고 학부모의 호응 속에서 입학하는 인원수가 증가했다. 더 넓은 교육 장소가 필요했기에 옆 건물을 매입하여 확장하고 놀이터를 만들었다. 어린이가 마음껏 뛰놀 수 있는 장소 확보가 우선이라는 생각에 아쉽지만 모든 나무를 정리하고 한 그루만 남겼다. 바로 잔디밭 구석의 어린 아보카도 나무였다.

아보카도 나무는 홀로 남아 외로움을 타지 않고 아이들의 웃음소리를 먹으며 쑤욱 쑥 성장했다. 날이 갈수록 어린이의 키를 훌쩍 넘어 학교 건물 높이와 견주었다. 연하고 가늘던 허리가 거칠고 굵은 나이테로 연륜을 쌓아갔다. 아름드리나무는 그늘을 만들고 아래 놓인 의자에 아이들이 앉아 이야기꽃을 피웠다. 뜨거운 햇살을 막아주고 바람을 일으켜 쉼과 대화의 공간을 제공해 주었다. 흰 꽃이 만개하면 향기로운 내음이 교정에 꽉 찼고, 생명을 잉태해 열매를 맺었다. 가을이 되면 담백하고 고소한 맛으로 선물을 안겨주었다. 추수철엔 친지와 열매를 나누며 감사의 마음을 전했다.

30년 가까이 우리 곁에서 극복해야 할 난제의 고비를 넘어 변함없이 같이했다. 이민 생활에서 일구어낸 성취의 기쁨을 나누었다. 인생의 동무가 되어 결실된 감사를 보여주었다. 학교의 성장 과정을 지켜보며 아프고 기뻐했던 이야기를 품고 있다. 오랜 세월 동안 함께 한

애나하임 어린이학교 교정의 아보카도 나무를 역사 속으로 보낸다.

이제 다른 외국 원장이 이 학교를 인수하여 운영할 것이다. 여전히 아보카도 나무는 제자리에 남아 제 역할을 다하겠지. 학교를 넘기기로 작정하고 정리하면서 유독 아보카도 나무에 대해 아쉬움을 토로하는 나를 조카가 위로했다. 그 조카 역시 이 나무를 보며 함께 자랐고 졸업 후 대학으로 진학하는 열매를 맺는 시기에 있다. 언젠가 그 열매를 따 먹고 씨를 화분에 심어 키웠다고 했다. 그 묘목을 내 집으로 가져오겠다는 거였다. 어린이학교에 심은 꿈을 집으로 옮겨갈 수 있다니!

식목일을 정하고 아기 나무를 화분에서 넓은 땅으로 옮겨심기로 한다. 우리 집에서 햇볕과 물 빠짐이 좋은 적당한 장소를 골라 은퇴 후의 새 터전으로 삼는다. 은퇴라는 저무는 계절에 다져진 관록을 밑거름 삼아 제2 인생의 발돋움으로 어린 나무를 심는다. 조카와 손주, 다섯 명이 연장을 들고 모인다. 삽으로 땅을 파 구덩이를 만들고, 연약한 뿌리에 물을 주고 거름을 부어 흙을 북돋운다. 화분에서 큰 면적의 대지로 옮겨 심는다. 행여나 뿌리를 건드리지 않도록 조심스레 정성을 다해 작업한다. 지난날 고국을 떠나 우리가 겪었던 이민 생활의 정착과도 같은 상황이라 생각한다.

나는 이곳 일터를 떠날지라도 새 터전에 또 다른 묘목을 심어 성장시키려 한다. 그동안 아이들과 아보카도 나무를 키웠던 것과 다를 바 없다. 은퇴는 남아 있는 저만치의 길을 갈 수 있다는 여지를 주지 않는가. 여전히 봄을 키우려는 여력으로 후세를 위한 나무를 심는다. 내일을 심는다. 영국 속담에 '1년이 행복해지려면 정원사가 되고, 평생이 행복해지려면 나무를 심어라'라고 하지 않았던가.

묘목은 자라나 아름드리나무로 자리 잡을 날이 올 것이다. 손자와 후세들이 자라듯이. 미래 어느 날에 우리는 자취를 감추더라도 나무는 여전히 그 자리에서 후손들의 성장과 활약을 지켜볼 것이다. 그들에게 이국땅에 정착한 이민 1세인 조부모의 교육 유산과 자취에 관해 이야기할 것이다. 새 역사가 뿌리를 내린 날이라고 기억될 터이다.

양난이 봉오리를 맺다

꽃이 졌다. 야들한 꽃잎이 모두 떠나간 가지는 메마른 몸을 겨우
지탱하고 서 있다. 작년에 나는 골반이 골절되어 수술받았다. 그때
지인이 보내준 양난(Orchid)은 홀로 누운 나를 위로하기 위해 찾아
온 친구였다. 연분홍, 진분홍, 하얗고 노란색의 조화가 아프고 지친
마음을 밝게 해주었다. 희망을 좇는 나비 떼를 연상케 했다. 환한 에
너지가 햇살과 어우러져 방안을 채웠다. 침대에 누워서 바라볼 때마
다 고마운 분의 기도가 마음에 와닿은 것일까 치료의 효력이 생겼다.

병상에 누운 지 넉 달 만에 일어나 워커를 짚고 걷기 시작했다. 내
몸은 회복되었는데 마음을 만져주던 화분 속의 꽃잎은 시들기 시작
했다. 화려한 영화도 시간의 흐름 속에서 쇠잔해지는 것처럼 어느 날
양난은 고개를 떨구고 흙 위에 주저앉았다. 꽃이 없는 나뭇가지는 앙
상했다. 막대에 불과한 볼품없는 모습에 잘라 버리고 싶었지만 다른
화분 틈에 두었다. '꽃 역시 영원할 수 없겠지.' 혼자 중얼거리며 창가
에 놓아두고 물을 주었다.

이민 생활에 정착하기 위해 젊은 시절을 치열하게 살았다. 건강을
잃고 모든 생활이 정지되고 보니 고향을 떠난 서러움이 한꺼번에 밀

려왔다. 지난날을 되돌아보았다. 여고 시절엔 문학소녀의 꿈을 품은 작은 봉오리를 맺고 있었는데…. 잊었던 그 꽃봉오리가 병상에서 겨울을 보내는 가슴에 움을 틔웠다. 먼지 묻은 일기장을 찾아내어 글을 쓰기 시작했다. 병상 일기를 쓰며 마음의 평안을 찾았다.

골반 골절 수술과 팬데믹으로 갇힌 세상에서 글쓰기에 매진했다. 사람의 만남과 관계에서 에너지를 얻어 왔는데, 소통이 끊긴 적막을 이겨내기 위해 육체의 아픔을 견디며 가슴속에 맺힌 감정을 밖으로 끄집어냈다. 글이 그 작업의 매체가 됐다. 깊은 생각과 성찰로 이끄는 기도가 되었다.

일 년을 훌쩍 넘기는 시간이 지나간다. 추운 바람이 떠나간 하늘에서 따스한 온기가 느껴지기 시작한다. 죽음을 거쳐 생명을 생성하는 계절의 순환이다. 햇빛이 내리비치며 창 안 깊숙이 자리 잡는다. 커튼을 걷으며 작은 양난에 눈길을 준다. 다시 움이 돋고 연한 가지가 나온다. 초록 기운이 꿈틀거린다. 햇살 아래 물기운만 있으면 다시 싹을 내는 것은 자연의 이치인가 보다. 꽃봉오리가 맺히는 모습을 발견하며 놀란다. 새 생명이 움트는 신비한 힘을 느낀다. 봉오리가 꽃잎을 터뜨릴 때마다 살아있다는 함성이 들리는 듯하다.

운영하던 어린이학교 원장직을 내려놓은 후 여러 생각에 마음이 착잡하다. TV 프로그램을 뒤적이다가 은퇴 후 새로운 도전을 하는 '쓰리 박'을 본다. 세계 정상을 쟁취했던 그 열정으로 새로운 분야를 개척해 가는 모습이 신선하다. 승리욕 때문만은 아닐 터이다. 무언가 목표를 위해 끊임없이 나아가길 원하기 때문이다. 내가 도전하고 싶은 두 번째 푯대는 무엇일까를 생각한다.

글 모임에 참석하는 행운이 왔다. 배우는 것이 즐거웠고 좋은 글을 쓰고 싶은 욕심이 생겼다. 컴퓨터 앞에 앉아 글과 씨름을 하면서 뒤늦게 작가의 길을 선택해야 하는지를 고민했다. 스트레스도 긍정적으로 받아들이면 발전을 가져온다는 대답을 얻었다. '피할 수 없으면 즐겨라.'라고 읊조렸다. 수필 등단으로 작가의 세계에 발을 들여놓으며 독자의 시선도 염두에 두고 글을 써야 함을 깨우쳤다. 감동이 있는 글을 쓰기 위해 겸손히 밤을 지새우는 노력이 필요한 것도 알았다.

몇 년 동안 공부해오던 시창작 교실 선생님으로부터 제안받았다. "그동안 써서 모인 시가 130편가량 되니 이제 시집을 발간해도 됩니다."라고 하신다. 숨죽이고 가라앉았던 깊은 곳에 불씨를 던져 주신다. 설레는 마음을 애써 가라앉히며 컴퓨터 앞에 앉는다.

반평생을 아이들과 함께하며 그들의 웃음에서 피어나는 꽃봉오리를 보았다. 동시는 꽃봉오리 속에 숨겨진 마음을 옮긴 글이다. 단순하지만 순수해서 좋다. 동시집과 일반시집 두 권으로 출판하기로 한다. 동시의 이해를 돕기 위해 동시집에는 삽화도 넣는다. 우리 학교에 출석했던 어린이에게 내 동시를 소개하고 그림으로 그리게 한다. 상상외로 놀라운 표현력을 보여준다. 얼굴에 드러나는 표정이 각기 다르고 재미있다. 어린이만의 세계를 엿볼 수 있다. 학부모의 적극적인 협력 속에서 프리스쿨부터 8학년까지 25명이 참여한다. 시와 그림의 아름다운 동행이 되어 진정한 동심이 그려지는 시집으로 태어나길 바란다.

오늘도 글을 쓴다. 양난에 물을 준다. 맺힌 봉오리가 꽃을 피울 것이다.

편견과 한계를 극복한 올림픽 정신

애초부터 그리 기대할 상황은 아니었다. 다양성을 인정하면서도 서로 화합하여 하나 되길 바라는 지구촌 축제에 불이 붙었지만, '다 같이 더 강하게! Together Stronger!'라는 슬로건조차 가슴에 와 닿지 않고 시큰둥했다. 바이러스의 확산으로 관객의 환호성이 없이 개막된 올림픽 마당이기 때문이었다.

그런데 웬걸! 첫 금메달을 안겨준 양궁의 경기를 보며 예상치 못한 감동이 밀려왔다. 열일곱 살 나이에 뇌졸중으로 쓰러진 아버지를 간호했던 가장(家長). 그는 자신의 위치와 책임을 다지며 양궁에 전력을 쏟아부어 2관왕을 거머쥐었다. 할머니에게 메달을 안겨주고 싶다는 간절한 바람이 공(功)을 쌓았다. 어려운 환경에서 의지와 노력으로 이루어낸 눈물과 땀방울을 보며 내 편견은 무너지기 시작했다. 목표를 향해 뛰어온 선수들에게 올림픽 마당은 생명줄과 같은 필수의 무대라는 것을 뒤늦게 깨달았다. 올림픽의 주역은 선수들이라는 것을. 메달의 가치를 무엇에 비교할 수 있으랴. 그것은 얼마나 긴 시간 동안 흘린 땀방울의 결실일까.

선수들은 열악한 조건에서도 단련을 통해 멋진 경기를 만들어 냈다. 자신의 한계를 극복하고 최고 기록까지 말이다. 승부에 관계없이 경기를 즐기며 날아올라 신기록을 쓴 선수도 있었다. 암을 극복하고 도전한 선수, 신체적으로 불리할 것이라는 사람들의 편견을 떨쳐내고 기대치를 올린 여고생, 출산 후 육아를 병행하면서도 지치지 않고 도전하여 우리의 무더위를 식혀준 엄마 선수, 부상인데도 투혼을 다한 선수. 간절함으로 목표를 향해 끊임없이 지향하는 그 의지에 고귀한 가치를 둔다. 그들은 메달보다 더 빛나는 비상을 이루었다.

'후회 없이 해보자!'라고 외치며 실수한 선수의 손을 잡고 높은 벽을 넘어 여자 배구 선수들은 단체전에서 역전승의 쾌거를 맛보았다. 선수와 국민이 하나가 되었다. 아나운서와 해설위원의 목소리조차 떨리게 했던 기적의 반전 드라마는 한민족의 가슴을 벅차게 했다. 경기 후 패배한 팀 주장을 부둥켜안으며 위로해 주고, 승리한 자에게 진정한 축하를 전하는 선수의 모습이야말로 월계관의 정신이 아닌가 싶다.

올림픽의 정신을 읊조리며 할머니의 동시를 손자에게 읽어준다.

동그라미 다섯 (동시)

파랑 검정 하양 노랑 초록/ 다섯 동그라미 색깔이 동글동글 굴러와
팔짱을 끼더니 하나가 되었어요
네모난 세상 속 사람들도 덩달아 구르며/ 모서리를 깎아내더니
둥그런 올림픽 마당을 동그랗게 채웠어요
서로가 서로에게/ 같은 눈짓 같은 손짓하면서
같이 달리고 같이 뛰고/ 같이 던지고 같이 쏘고/ 같이 차고 같이 젓고 같이 겨루며

같이 흘린 땀/ 동 은 금 동그란 메달을 목에 걸어주었어요
동그란 마음으로/ 동글동글 더 큰 동그라미 만들자 하네요

5년을 기다렸던 올림픽은 206개국이 참가해 최선을 다한 선수들과 의료 및 자원봉사자의 숨은 수고가 어우러져 올림픽 정신이라는 울림을 남기고 마침표를 찍었다. 폐회식은 어둠 속에서 불빛을 폭포처럼 쏟아내며 오륜을 완성한 후 파리로 옮겨져 다른 시작을 알렸다.

나의 이번 도쿄 올림픽에 대한 선입견은 공정하지 않고 한쪽으로 치우친 생각이었음을 깨닫는다. 코로나를 대처하는 안전성 결핍과 특정한 나라에 대한 편견이 만든 오류였다는 것도 인정한다. 그동안 인종, 장애인, 성별, 성 소수자의 차별은 올림픽 정신에 결정적인 장애 요인이 되어 왔던 것처럼.

한계를 극복했던 선수의 반대편에서 약점투성이인 나를 본다. 능력이 없는 자신을 잘 알고 있기에 인생의 경기에서 '난 할 수 없어!, 나의 능력은 여기까지야. 이건 내 영역이 아니야.'라고 선을 긋거나 지레 포기하기도 했다. 능력이 다다를 수 있는 범위를 미리 정한 채 머뭇거리기도 했다. 앞에 놓인 장해물이 너무 커 보였기 때문에 맞서기보다 돌아가려고 할 때도 있었다. 무능과 한계를 뛰어넘는 나와의 싸움에서 승리할 수 있을까? 이제는 고달픈 도전을 계속하려고 한다. 더불어 부단한 훈련을 통해 목표에 다다르는 삶을 사는 내가 되기를 바란다.

도쿄 올림픽 성화는 꺼졌지만 나는 매일 매일 경기장에 서 있다. 값진 실패를 통해 더 가치 있는 미래를 만들기 위한 경기는 계속되어야 하기 때문이다.

이별과 그리움을 넘어

막새 바람이 분다. 나무 몸통에 붙어 있던 잎을 미련 없이 털어내며 이별한다. 지구의 중심을 향해 자신의 몸을 던지는 무욕의 계절이다. 하늘은 잎새 한 장도 허투루 떨구지 않는다고 하던가. 벌거벗은 나무들 사이로 뒷집의 형체가 드러나니 나의 본모습을 들킨 것 같아 흘끔거린다. 45년 동안 함께 생활했던 어린이들과 헤어지며 그들에게 남겨질 나의 모습을 유추해본다.

45년 동안 몸담았던 교직의 책임과 의무를 떠나보내니 낙엽처럼 둥지를 떠나 책갈피에 찾아든다. 시간을 돌아 이제는 가슴에 담긴 낙엽을 꺼내 볼 때마다 그리움 하나. 언제나 빨갛게 불타오르겠지.

겨울비가 내리니 비 맞은 낙엽은 겸허하게 흙바닥에 몸을 눕힌다. 시간의 원리에 순응하며 제 뿌리 곁에 나부죽이 엎드린다. 떨어진 낙엽은 흙 사이에 스며들어 영양분을 만들어 저장한다. 빈 숲에서 흙은 숨을 고르며 내일을 준비하는 이유다. 그리움에 젖은 낙엽은 부스럭대며 살아나 생명의 숨소리로 내 가슴에 박동 친다. 가슴속에 썩은 낙엽은 움틀 봄의 새싹을 위한 밑거름이 되고 죽음은 생명으로 싹틔우리라. 그리움은 새로운 만남으로 부활시킨다.

이별은 없어요 (동시)

아이는/ 엄마가 보이지 않으면/ 세상이 없어지기나 한 것처럼/ 무서워해요

친구와 어디를 가다가/ 꼭 잡았던 손을 놓치면/ 즐거웠던 일은 금방 없어지고

두려워져요/ 혼자 되는 게 싫어서지요

한 해를 보낼 때마다/ 첫날 했던 약속을 지키지 못한 아쉬움 때문에/ 부끄러워지지만 그래도 새로운 약속 다시 할 수 있어서/ 새해 오는 것은 기다려져요

헤어질 땐 언제나 섭섭하고 힘이 들어도/ 그럴 때마다 다시 만나는 세상이 있어서 좋아요

그래서 이별도 그리움이 되어/ 하늘나라 가신 엄마 만날 수 있으니/

우리에겐 이별이 있을 수 없답니다

한참 울다 눈을 떠보니 저만큼 새로운 만남이 다가오고 있음을 안다. 겨울과의 이별은 봄을 기다리는 것이기에 이별은 없다.

무기력하고 의욕조차 상실한 채 지내던 어느 날, 미국 46대 조 바이든 대통령의 취임식을 보았다. 22세 어맨다 고만(Amanda Gorman)은 밝은 표정, 낭랑한 목소리와 힘 있는 손놀림으로 '우리가 오르는 이 언덕(The Hill We Climb)'을 축시로 낭송했다. '노예의 후예'라고 자신을 소개하며 의회 폭동을 보며 자신의 손이 컴퓨터 자판기 위에서 춤을 추는 것을 보았다고 했다. '그날이 오면, 우리는 불타오르는 그림자에서 두려움 없이 걸어 나오리라. 새로운 새벽은 우리가

스스로 자유롭게 하리라. 빛은 언제나 존재한다. 우리가 그 빛을 직시할 용기가 있고, 스스로 그 빛이 될 용기가 있다면.'

어린 시절, 말을 더듬는 어려움이 있었기 때문에 글을 쓰는 것에 집중했고, 글쓰기 재능은 장애를 극복하는 과정에서 찾아낸 축복이라는 고백에 신선한 충격을 받았다. 장애를 극복하기 위한 노력이 미연합중국(United State of America)과 전 세계 사람의 가슴 속에 어두움을 넘어 빛을 향한 희망의 메시를 던지는 놀라운 결과를 이루어낸 것이다.

지금도 인종과 문화의 벽을 뛰어넘어 언덕을 오르는 우리 어린이들이 보인다.

미래를 위한 화합적 통찰력과 그 기록의 연대기

― 이희숙 수필집 『내일의 나무를 심는다』(곰곰나루, 2022)

김동혁

(문학평론가, 울산과학대 초빙교수)

미래를 위한 화합적 통찰력과 그 기록의 연대기

-이희숙 수필집 『내일의 나무를 심는다』(곰곰나루, 2022)

김동혁
(문학평론가, 울산과학대 초빙교수)

1. 서

수필은 기억과 경험으로 이루어지는 사실의 문학이라는 정의에 이의를 달기는 쉽지 않다. 기억과 경험 그리고 사실이 수필의 문학적 반경을 결정하는 중요한 축이라는 점을 생각할 때, 우리 삶에서 수필의 영역 안으로 끌고 들어올 수 있는 어느 한 순간은 비교적 소박할 필요가 있다. 왜냐하면 인간 삶에서 특별한 경우란 그 빈도가 그리 잦지 않을 뿐만 아니라 세월이 흘러 당시를 돌이켜보면 또 '그때의 그 일'이 별스럽지 않은 하나의 해프닝으로 갈무리되어 버리는 경우가 태반이기 때문이다. 떠올려보면 세상을 다 가진 듯 빛나던 한순간이나 곧 생을 마무리할 만큼 아팠던 기억은 그 형상을 글로 잡아내기가 그리 녹록치 않다.

문학, 그중에서도 특히 수필은 삶의 결정적인 순간에 발화한 내면이나 감정을 어떤 방식으로든지 장면으로 보여줄 수 있는 형상화가 필요한 법이다. 그것은 감상의 측면에서도 매우 중요하다. 형상화가 없으면 자신의 일방적인 주장만 내세우는 난폭한 격문이 되어버리거나 지리한 설명문이 되어 독자의 긴장감이나 여운을 만들어낼 수 없기 때문이다.

굵직한 사건을 서사의 축으로 하는 것보다는 계절이 변하거나 끼니를 챙기는 것 같은 일상적 상황에서 파생된 담담한 회고가 수필에는 훨씬 잘 어울린다. 이를테면 이희숙 수필집 『내일의 나무를 심는다』에서 자주 발견되는 포근한 음식의 이름과 함께 밥을 나누며 살아가는 가족과 이웃 그리고 내가 누구인지를 다시금 생각하게 만드는 자연과 세속의 공간들이 주는 적절한 위치처럼 말이다.

누군가의 수필집을 받아들고 빼곡히 들어찬 작가의 경험과 기억 그리고 그것들에 부여된 의미를 찾아나서는 일은 즐겁다. 하지만 그 일련의 과정이 끝난 후 지금처럼 무언가를 써야 하는 순간이 오면 조금은 진지하게 작품에 행간에 숨어 있는 어떤 '축' 하나를 잡아내야 한다. 그것에 의지해야만 작가의 의도와 평자의 감상이 만들어지기 때문이다. 이희숙 수필집에는 제법 많은 양의 밑줄을 그었다. 타인의 삶이 만든 기록에 밑줄을 긋고 나의 기억을 돌이키게 하는 힘, 어쩌면 그 힘이 수필을 읽는 진짜 이유가 아닐까 생각하면서.

2. 울타리에 관하여

비슷한 용도로 이용되기는 하지만 '담'과 '울타리'의 어감은 사뭇 다르다. 이희숙의 수필에서 작가의 문학적 출발점일지도 모른다는 예상을 가장 강하게 준 단어는 '울타리'였다. 물론 울타리를 소재로 이용한 작품이 있기도 했지만 그것보다는 작품들이 일제히 고개를 돌리며 서 있는 어떤 방향이 울타리가 가진 묘한 어감이었다.

언젠가부터 할아버지가 보이지 않고 차도 다니지 않았다. '아프신가?' 궁금이 걱정으로 변해 전화를 걸었지만 받지 않았다. 울타리에 매달렸던 능소화 꽃잎이 지고 감나무의 잎이 누렇게 변하며 달력을 몇 장을 넘겼을까? 집 앞에 'Sale'이란 간판이 붙어 깜짝 놀랐다. 이미 할아버지께서 이 세상을 떠나셨다는 사실을 알았다. '이럴 수가! 내가 너무 무심했구나. 20여 년을 지나며 나이가 드시고 수척해지는 모습을 지켜보면서 안부를 묻지 못하다니!' 바쁘다는 핑계로 대화 없이 지낸 무관심이 미안했다. 굳게 닫힌 철문을 바라보는 마음을 어찌 묵직한 쇠의 무게에 비교할 수 있으랴.

몇 달이 지나 새 이웃이 이사를 왔다. 이삿짐 차에 한글이 적혀 있어 반가웠다. 어떤 가족일까 무척 궁금했다. 나는 동이 트기 전에 출근하고 땅거미가 내릴 때 퇴근하니 만나기가 어려웠다. '내가 문을 먼저 두드려야지.' 용기를 내어 메모를 적어 우체통에 넣었다. '반갑습니다. 아랫집에 사는 Yoo Family입니다. 전화번호를 알려 드릴게요. 좋은 이웃으로 지내길 원합니다.'

— 「울타리 없는 집」에서

작가의 집에는 울타리가 없다. 하지만 작가의 작품이 함의한 여러 의미를 뜯어볼 때 작가의 일상에는 아주 따스한 울타리가 여러 곳에 처져 있는 것 같다. 실제로 물리적인 담장이 없어도 마음을 열지 않으면 이웃은 태평양 건너만큼이나 먼 곳에 살고 있는 타자에 불과하다. 오랜 세월 집을 마주하며 살았던 할아버지가 돌아가셨다는 사실을 빈집 앞에 붙어 있는 'SALE'이라는 간판을 보고 안 것처럼 말이다.

작품 속에서 작가가 쳐 놓은 울타리는 현실적으로 혹은 실용적으로 볼 때 매우 엉성하다. 인간의 삶에서 울타리는 필수적인 요소이다. 그것은 자기방어와 보호 그리고 개인의 자아를 만드는 과정에서도 꼭 필요하다. 그래서인지 누군가는 높고 견고한 담을 쌓아 자신의 정체성을 대신하기도 한다. 사실 많은 경우가 그렇다. 내가 누구인지를 드러내지 않고 그 담의 높이와 두께를 통해 과시하는 불편한 장면은 아주 손쉽게 발견된다. 그런 의미에서 작가가 쳐 놓은 울타리는 '개방된 경계'의 성격을 가지고 있다.

경계가 없는 공간은 불안하다. 애초에 경계가 배제된 공간은 주인이 느끼는 개방의 불안함보다 그곳을 찾는 이가 가지게 되는 부담감이 더 클 수도 있다. 하지만 적당하고 편안한 경계는 사람 간의 마음을 터놓는 데 훨씬 용이하다. 유년시절 오랜만에 찾은 외가의 싸리나무 담장은 목적지에 다다랐다는 안도감을 준다. 또한 비록 그 문이 닫혀 있다고 해서 그곳을 찾은 이가 함부로 발길을 돌리게 하는 실망감을 주지도 않는다. 왜냐하면 얼기설기 엮어놓은 울타리의 틈새로 사람과 공간이 주는 따스함이 이미 비어져 나오고 있기 때문이다.

예전에는 유치원의 담이 벽돌로 막혀 있었는데 그것을 부수고 여닫이 철문을 만들어 드라이브 웨이로 만들었다. 일방통행으로 길 정리를 하니 우리에게는 안전하고 효율적이라 여겼지만, 예상치 못한 문제가 생겼다. 뒷동네로부터 차가 반대 방향에서 들어오는 위험한 일이 가끔 일어나는 것이었다. 'Do not Enter' 'Private

Property, No Trespassing' 사인 판을 걸었는데도 소용없었다. 그 사인을 본 사람은 더 속력을 내어 빠져나갔다. 지나가는 차의 운전자에게 저 사인 판을 못 보았느냐고 다그치니 '지름길 short cut'이라고 웃으며 대답하는 사람도 있었다. 난 할 말을 잃었다. 이웃인데 화를 낼 수도 없고, 어디까지 그들의 편의를 봐주어야 하는지 고민했다. 좋은 이웃으로 지내는 방법을 모색하여 나부터 솔선수범하여 최선책을 찾아야 하는 것이 아닐는지.

— 「내 이웃이 되어 줄래요」에서

비록 여닫이 철문이 부서지는 사고를 당하고 말았지만 그 과정을 통해 작가의 내면에서는 조금 더 따스한 울타리를 만드는 공정이 시작되고 있었다. 성숙한 나눔의 방법이란 끝이 없는 법이다. 고민하고 실행하고 좌절하는 일련의 과정도 나눔의 한 과정일 것이다. 작가는 꽤 오래 전부터 자신이 살고 있는 일상 속 비교적 많은 곳에 이 따뜻한 울타리를 쳐 두고 사람을 기다리고 있는 듯하다. 비단 불우한 이웃에게 내미는 손길에 국한된 것이 아니라 어쩔 수 없이 만들어지는 세상의 상처가 화합하고 치유되기는 의미하는 차원에서 만들어놓은 울타리라고 하면 적절한 비유가 될 것이다.

3. 화합(和合)에 관하여

이희숙의 수필은 누군가를 만나고 돌아온 오후에 쓰는 일기 같은 느낌을 준다. 사람을 만나고 알게 되는 과정 속에서 작가가 가장 중요하게 생각하는 일은 화합이다. 우리는 이 화합을 조화(調和)나 하모니(harmony)라고 부르기도 한다. 어떤 의미를 차용하더라도 서로가 서로에게 '응해주는 것'이며, 가장 이상적인 관계의 지칭이다.

이번 작품집에 수록된 작품 가운데 화합을 소재로 한 작품이 많은 분량을 차지하고 있는데 이런 유형의 작품은 교시(敎示)의 감정을 조절하는 절제력이 반드시 전제되어야 한다. 가르치고자 하는 감정이 너무 앞서게 되면 자칫 하염없는 넋두리로 전락하게 되거나 혹은 엄격한 경전의 문구로 읽히기 십상이기 때문이다. 이를 예방하기 위해서는 집필 과정에서 작가 자신이 경험 당시에 느꼈던 감정과 거리감을 두는 것이 우선되어야 한다. 나아가 만남의 과정을 소개하는 것에 머물지 않고 그 만남이 보다 큰 의미로 확장된다면 가장 평범한 소재가 소중한 의미를 산출하는 계기가 되기도 한다. 그럴 때 작가는 쇠붙이를 황금으로 전환시키는 연금술사가 되는 것이다.

배추는 김치가 되기 위해 옛 흙의 연민을 버려야 한다. 자신의 자존심은 다 내려놓고 자아와 교만의 덩어리를 소금에 녹여야 한다. 자신을 내려놓은 배추는 양념으로 버무려지며 새로운 가치관이 곁들인다. 지식과 경험을 통해 삶의 방향과 인격이 형성되는 것처럼 발효하는 과정을 통해 미생물에 의한 분해 과정으로 효모균, 유산균 등 효소가 만들어진다. 이들이 면역력 증진과 천연 항생 작용을 하므로 사람에게 유익하게 바뀌는 것이다.

땅속의 적당한 온도 속에서 김치 맛은 아삭아삭 무르익어 간다. 이것이 겨울에 제맛을 더 풍기는 김치의 비결임에 틀림이 없다. 살얼음 속에서 묵은지의 은은한 맛이 고스란히 전해진다. 김치가 어두움 속에서 인내를 통한 값어치 있는 삶을 이루어 가듯 우리 인격도 이런 숙성이 필요하다. 이 과정을 통해 자신만의 특이

한 맛을 지니게 될 터이니까.

— 「묵은지의 깊은 맛으로」에서

「묵은지의 깊은 맛으로」에서 작가는 김치를 담으며 느꼈던 바를 담담히 진술하면서 조화로운 삶의 미덕을 소개한다. 이 작품이 가진 매력은 이야기와 의미가 잘 버무려진 양념처럼 그 역할을 적절히 유지하는 데 있다. 작가에게 있어 김치를 담는 일은 수고롭기는 하지만 특별한 일상적 사건이라고 할 수는 없다. 말하자면 자신이 잘 알고 있고 삶의 단면인 셈이다. 그런데 수필을 창작하는 사람들이라면 누구나 알고 있겠지만 작가가 잘 알고 있는 일상적 경험이 문학적 소재로 발현되는 일은 그리 쉽지 않다. 왜냐하면 작가가 가지고 있는 그 소재에 대한 사적인 감정과 지식이 너무나 많이 작품 속에 개입하기 때문이다. 앞서 말한 끊임없는 넋두리나 엄격한 경전의 문구는 바로 이를 두고 하는 말이다. 수필을 비롯한 모든 문학은 읽어주는 것이 아니라 읽혀야 한다. 효용론적 관점에 관한 설명은 차치하더라도 문학 감상에 있어 작가의 개입은 곤란하다. 그러한 개입을 후경으로 밀어둔 상태에서도 문학적 의미는 창출되어야 한다.

『내일의 나무를 심는다』를 읽는 동안 작가가 갖춘 문학적 요건이 탄탄하다고 느꼈던 이유는 일상과 사물에 관한 지속적인 관찰과 그것들의 이면에 드리워져 있는 의미를 포착하는 통찰력 때문이다. 그리고 이 같은 과정으로 포집된 수많은 단상들을 작품으로 완성하기 위한 미학적 구성력도 중요한 역할을 했을 것이다. 대상과 의미가 등식처럼 연결되는 구성은 독자에게 깊은 울림을 주지 못한다. 그러므로 작가는 삶 속에서 일상과 새롭게 만날 수 있도록 언제나 문학의 자장(磁場)을 곤두세워야 하며 그렇게 만난 대상을 새로운 비유와

우의로 이끌어 내야 한다.

이희숙 작가는 일상에서 끌어온 수필의 소재에 화려하거나 거추장스러운 새로운 가르침을 입히기보다 다시 일상적인 이야기를 덧대어 전하는 방식의 창작을 선호하는 듯 보인다. 그래서 읽기가 수월하다. 게다가 한 편 한 편 독서의 횟수가 늘어날수록 잘 보존한 묵은 김치처럼 깊은 맛이 난다. 각각의 작품에 담긴 작가의 이야기가 절제의 조화로움 속에서 차분히 자리잡고 있기 때문이다. 그런 의미에서 작가의 수필세계를 가로지르는 '화합'이라는 단어는 비단 소재에 국한된 것만은 아니라 창작 방법과 작가의 세계관을 엿보는 중요한 단서가 되리라 생각된다.

4. 미래에 관하여

작품을 통해 만나 본 작가의 면모 중 가장 큰 비중을 차지하는 것은 역시 교육자로서의 자세였다. 그래서일까? 표제작 「내일의 나무를 심는다」는 작가의 교육적 철학을 엿볼 수 있는 수작이었다. 물론 이 작품 역시도 무거운 잠언의 형태를 가지지는 않는다. 그저 오랜 세월 아이들의 교정을 지키고 있는 아보카도 나무 한 그루에 투영된 30년의 세월이 그 역할을 대신할 뿐이다.

아보카도 나무는 홀로 남아 외로움을 타지 않고 아이들의 웃음소리를 먹으며 쑤욱 쑥 성장했다. 날이 갈수록 어린이의 키를 훌쩍 넘어 학교 건물 높이와 견주었다. 연하고 가늘던 허리가 거칠고 굵은 나이테로 연륜을 쌓아갔다.

(…중략…)

나는 이곳 일터를 떠날지라도 새 터전에 또 다른 묘목을 심어 성장시키려 한다. 그동안 아이들과 아보카도 나무를 키웠던 것과 다를 바 없다. 은퇴는 남아 있는 저만치의 길을 갈 수 있다는 여지를 주지 않는가. 여전히 봄을 키우려는 여력으로 후세를 위한 나무를 심는다. 내일을 심는다. 영국 속담에 '1년이 행복해지려면 정원사가 되고, 평생이 행복해지려면 나무를 심어라'라고 하지 않았던가.

묘목은 자라나 아름드리나무로 자리 잡을 날이 올 것이다. 손자와 후세들이 자라듯이. 미래 어느 날에 우리는 자취를 감추더라도 나무는 여전히 그 자리에서 후손들의 성장과 활약을 지켜볼 것이다. 그들에게 이국땅에 정착한 이민 1세인 조부모의 교육 유산과 자취에 관해 이야기할 것이다. 새 역사가 뿌리를 내린 날이라고 기억될 터이다.

—「내일의 나무를 심는다」에서

평문을 쓰는 입장에서 이 작품에는 여러 번 눈길이 갈 수밖에 없었다. 왜냐하면 작품을 통해 작가의 세계관을 엿볼 수 있었기 때문이다. 세계관은 세상을 바라보는 관점이다. 이 관점에서 무엇을 쓸 것인가가 결정되고 작품을 어떻게 창작할 것인지에 대한 방향이 잡힌다. 아주 범박하게 구분하자면 작가의 세계관은 크게 두 가지로 볼 수 있는데 하나는 작가 자신이 생각하기에 변하지 않는 진리나 진실이 거친 세상에서 삶의 중심을 잡게 해 줄 것이라는 관점이며 다른 하나는 세상의 끊임없는 변화가 발전의 원동력이 되어 인간의 삶을 더 윤택하게 만들 것이라 판단하는 시점이다. 통상적으로 전자는 형

이상학적, 후자는 변증법적이라는 철학적 명명을 내리기도 한다. 물론 대부분의 좋은 작가는 이 고정과 변화의 시각을 동시에 가지고 있다. 그런 의미에서 「내일의 나무를 심는다」는 고정과 변화를 동시에 추구하는 교육자로서 또한 작가로서의 세계를 극명하게 보여주는 작품이라고 말할 수 있다.

이 작품을 쓰는 즈음, 작가는 삶의 다른 방향성에 대해 심각하게 고민하고 있었다. 은퇴란 누구나 한 번은 고려해야 하는 조금은 씁쓸한 사회성의 종착지이며 또 한편으로는 삶의 새로운 시도라고 명명할 수 있겠다. 작가는 은퇴를 고려하는 개인적인 이유나 그동안 쌓아온 교육적 연대기를 작품 속에서 크게 언급하지 않는다. 대신 교정한 구석을 지키며 30년의 세월을 함께 보낸 아보카도 나무를 서사의 중심으로 가져온다. 작가는 이 아보카도 나무를 역사 속으로 보낸다. 작품을 읽으며 나무를 보내는 작가의 속내와 그 광경이 떠올라 몹시도 안타까웠다. 하지만 생의 어느 순간에 오래된 아름드리나무를 보내고 그 빈자리를 하나의 가능태(可能態)적 공간으로 재정립하는 작가의 행동은 그 모습을 오래도록 생각하게 만드는 의미 있는 행위라고 사료된다. 작품집을 통해 전해지는 작가의 세계관은 그것이 어떤 대상이든 쓰임의 아름다운 효용을 매우 중요시하는 것으로 읽힌다. 30년 세월 동안 교정의 한 자리를 지켜온 나무를 치우며 작가가 한 생각은 30년 후 그 자리를 다시 지키게 될 새로운 아름드리이다.

이러한 자세는 교육자로서 당연히 가져야 할 미덕이며 본받아야 할 교육적 철학이라고 생각된다. 말하자면 오래되고 성숙한 것을 단순히 배제하는 것이 아니라 원래의 것만큼 완성된 무언가를 길러내기 위해 자리를 마련하는 시도, 또 그런 이별의 와중에도 그 숨겨진 뿌리의 역사를 잊지 않고 차세대를 길러내는 자양분으로 삼는 자상한 마음이 작가가 삶과 교육을 바라보는 세계관일 것이다.

　우리는 지금, 여러 가지 의미에서 팬데믹의 시대를 살아가고 있다. 어수선하고 또 불편하기에 우리는 누군가를 향해 시대가 만든 처분의 부당함을 항변하기도 하고 한편으로는 그간의 삶을 지독히 반성하기도 한다. 하지만 우리는 언젠가 새롭게 정돈된 세상에서 마음껏 심호흡하며 소중한 일상을 즐기는 시간이 돌아오리란 것을 당연하게 믿고 있다.

　이희숙 수필집 『내일의 나무를 심는다』를 읽는 동안 마스크를 쓰지 않고도 동네 공원을 산책하던 그 시절 느꼈던 어느 오후의 훈훈함이 오래도록 심중에 남았다. 비록 작가와 필자가 머무는 공간의 거리가 멀지만 인간이라면 누구나 느낄 수밖에 없는 '잘 사는 방법'에 관한 공감대가 충분히 만들어졌다. 일상적인 소재와 경험에 깃들어 있는 작가의 침착한 문장을 읽으며 장성한 아름드리를 매만지면서도 새로 심은 묘목의 연약한 뿌리를 걱정하는 작가의 모습을 떠올리며 관계와 미래를 함께 생각하는 아름답고 현명한 사유를 엿볼 수 있었다. 작가의 다가올 미래에 건강과 행복이 함께하길 빌며 또 그 미래에 지어질 새로운 작품을 기다리는 마음으로 이 글을 마무리한다.

이희숙

1954년 충남 홍성에서 공무원의 5남매 중 맏딸로 출생했다. 1975년 서울교육대학을 졸업하고 서울의 몇몇 초등학교에서 교사생활을 했다. 1979년 목사와 결혼한 후 두 딸을 얻었고 1989년 미국으로 왔다. 캘리포니아 오렌지카운티에 다민족 어린이학교 'Happy Day Education Center'를 설립하고 2020년 12월까지 운영했다. 2018년 '재미 수필문학가협회'의 신인상으로 수필가로 등단. '시와 사람들' 동인, '서울문학인' 신인상 시 등단. 한국 '그린에세이' 수필 신인상 당선. 미주한국문인협회 회원. 2021년 동시집 『노란 스쿨버스』, 시집 『부겐베리아 꽃그늘』, 2022년 수필집 『내일의 나무를 심는다』 출간.

이희숙 수필집
내일의 나무를 심는다

초판 1쇄 발행 2022년 4월 30일

지은이 이희숙
펴낸이 임현경　　**책임편집** 홍민석　　**편집디자인** 육선민

펴낸곳 곰곰나루
출판등록 제2019-000052호 (2019년 9월 24일)
주소 서울특별시 양천구 목동서로 221 굿모닝탑 201동 605호 (목동)
전화 02-2649-0609
팩스 02-798-1131
전자우편 merdian6304@naver.com
유튜브채널 곰곰나루

ISBN 979-11-977020-5-1

책값 15,000원